모리 에토 森繪都

학을 졸업했고, 일본 아동
했다. 1990년 『리듬』으
하면서 데뷔했고, 같은
아동문학상을 수상했

.. ―『우주의 고아』로 제33회 노마 아동문예상 신인상과 제45회 산케이 아동출판 문화상 일본 방송상을 수상했고, 『아몬드 초콜릿 왈츠』로 제20회 로보노이시 문학상을 수상했으며, 『달의 배』로 제36회 노마 문예상을 수상했다. 『컬러풀』로 제46회 산케이 아동출판문화상을 수상했으며, 이 작품은 영화화되어 화제가 되었다. 『Dive!』로 제52회 쇼우갓칸 아동출판문화상을 수상했다. 아동·청소년 문학가로 이름을 떨치다 성인을 대상으로 출간한 첫 작품 『영원의 출구』로 제1회 서점 대상 4위에 올랐으며, 『언젠가 파라솔 아래에서』로 나오키상 후보에 올랐다.

2006년 『바람에 휘날리는 비닐 시트』로 제135회 나오키상을 수상했다. 따스하면서도 힘차고 깊이 있는 작품 세계로 폭넓은 독자층을 형성하고 있다. 『다시, 만나다』는 모리 에토의 최신 화제작으로 인생의 특별한 만남을 섬세한 시선으로 표현한 소설집이다.

다시, 만나다

出会いなおし

다시, 만나다

모리에토 소설 · 김난주 옮김

무소의뿔

다시, 만나다

유리문 너머에 그림자가 희미하게 어렸다가, 열린 문으로 확실한 윤곽을 지닌 그가 나타나는 순간, 하마터면 나는 이렇게 말할 뻔했다.

죄송해요, 날도 더운데 이렇게 불편한 곳까지 오시게 해서. 길 찾기 어려우셨죠. 네네, 그러셨을 거예요. 다들 그렇게 말씀하세요. 일사병 일보 직전에 도착하신 분도 있고, 조난을 각오하고 오신 분도 있었어요. 네, 그렇죠, 미안합니다. 초대장을 만들 때는, 그 모퉁이에 길잡이로 딱 알맞은 지장보살이 서 있었는데, 어떻게 된 일인지 없어졌더라고요……. 정말 죄송합니다. 아무튼 일단 좀 쉬세요. 얼른 시원한 거 갖다 드릴게요.

햇볕이 이렇게 쨍쨍 내리쬐는 날, 길을 헤매고 헤매다 겨우 이 갤러리에 도착한 손님들의 발길이 곧장 전시 작품 앞으로 향하게 해서는 안 된다. 공연히 많이 걸은 데서 온 짜증이 작품에 투영되지 않게, 우선 가운데 원탁에서 한숨 돌리도록 한다. 시원한 보리차를 대접하고, 짜증과 땀이 잦아들기를 기다린다.

그 작전에 준해 의자를 권하려 했던 나는, 방문객의 얼굴을 새삼스레 쳐다보았다가 움찔 놀랐다.

땀을 흘리지 않는다. 숨도 헐떡거리고 있지 않다. 가령 길을 헤매지 않았더라도 역에서 한참 걸리는 이 장소에 이렇게 말끔한 표정으로 도착한 사람은 처음이었다. 게다가 그 시원스러운 얼굴은 낯이 익었다.

"나리키요 씨."

한눈에 알아보지 못한 것은 7년 넘게 얼굴을 본 적이 없기 때문이기도 하고, 차림새가 기억과는 달랐던 탓도 있었다. 검은색 폴로셔츠에 베이지색 치노 팬츠. 뉴밸런스 스니커즈. 이렇게 캐주얼한 평상복 차림의 나리키요 씨는 처음 보았다.

"나리키요 씨, 정말 와주었네요. 설마 지나가다 들린 건 아니겠죠. 와, 꿈만 같네요. 초대장을 보내기는 했지만 이렇게 정말 와주다니."

오랜만에 만나 긴장한 것을 흥분한 목소리로 무마하려는 내게 나리키요 씨는 아주 차분한 눈길을 보냈다.

"그야 당연히 와야죠. 사와다 씨의 첫 개인전인데."

나는 잠시 숨을 멈췄다. 이유도 없이 끓어오르는 것이 있어,

이번에는 그걸 무마하듯이 씨익 웃었다.

"그런데 나리키요 씨, 땀을 안 흘리네요. 길을 헤매지 않았어요?"

"네, 별문제 없었습니다."

"지장보살도 없는데?"

"지장보살은 모르겠고, 그 약도 자체가 좀 엉성해서 처음부터 스마트폰 지도를 보고 왔어요."

"현명했네요."

"사와다 씨, 그런데 그 지장보살이라는 게 정말 있었나요?"

"그럼요. 제가 똑똑히 봤는걸요."

"혹시 지장보살처럼 생긴 어느 할아버지였던 거 아닙니까?"

그 순간 나는 힘이 쭉 빠졌다. 우리는 마주 보고 후후후 소리 내어 웃었다. 그렇다, 나리키요 씨는 예전부터 태연한 얼굴로 미묘한 농담을 하는 사람이었다.

"그럼, 어디 작품을 감상해볼까요."

재회의 긴장감이 풀어지자, 보리차를 꿀꺽꿀꺽 마신 나리키요 씨는 화살표가 시작되는 곳으로 걸어갔다. 긴 책상 위에 놓인 작품을 하나하나 꼼꼼하게 바라보고, 앞으로 조금 나아갔다가는 또 걸음을 멈추고 내가 생각지 못한 각도에서 작품을 들여다본다. 마치 나 자신을 보고 있는 것 같아 당황스럽다. 나는 보답도 보복도 아닌 기분으로 그의 등을 빤히 쳐다보고 있었다.

보고 또 봐도 현실 같지 않았다.

그가 여기 있다는 것도, 내가 여기 있다는 것도. 벌써 오래 전에 끊겼다고 생각했던 인연의 끈이 아직까지 이어져 있다는 것도.

그를 처음 만났을 때를 생각하면, 정말 거짓말 같았다.

그를 마지막 만났을 때를 생각하면, 더더욱 거짓말 같았다.

일러스트레이터로 처음 일을 시작했을 무렵, 나는 기껏 스물한 살에 골치 아픈 문제를 끌어안고 있었다. 지금은 너무 빨리 프로가 된 탓이었다고 생각한다.

앞날에 대한 구체적인 비전이 없었던 미대생 시절, 니시오기쿠보에 카페를 연 친척의 부탁으로 가게 간판과 메뉴판, 컵받침 등의 디자인과 일러스트를 작업했다. 반년 후 그 가게 단골이 된 모 여성지의 편집자가 연락을 해서, 간단한 컷을 그려보지 않겠느냐고 의사를 물었다. 그 후로 눈덩이가 커지듯 여기저기서 의뢰가 들어와, 대학을 졸업할 때쯤에는 시모키타자와에 방이 두 개나 있는 아파트를 빌리는 신분이 되었다.

잡지 컷, 소설과 에세이 삽화, 포스터. 뭐가 어떻게 돌아가는 건지 모르는 채, 젊을 때는 그저 정신없이 그리면 된다는 말에 정말 정신없이 그려댔다. 일부러 선을 서툴게 그려 개성을 드러내는 그림을 '헤타우마'라고 하는 데 반해, 아크릴 물감과 파스텔을 많이 사용해 그린 내 그림은 '가와코와'라는 평가를 받았다. 귀여운데 무섭다. 언뜻 보기에는 사랑스러운 인물과 동물들의 이면에 정체를 알 수 없는 무언가가 가려져 있다. 밝고 평화로운 세계 안에 음산한 어둠이 있다. '똑바로 쳐다보기를 거부하는, 심연을 품은 낙원'이라는 평가를 받은 적도 있었다.

물론 그런 평가들은 호의적인 경우고 인터넷상에는 심한 혹평도 난무했다. 데생의 기초도 모른다, 기술 부족을 신선함으로 얼버무리고 있다, 가짜다, 어차피 금방 싫증이 날 거다. 유감스럽지만 나는 그런 비난의 목소리에 충분히 수긍이 갔다. 나를 인정해주는 목소리보다 훨씬. 내가 그린 그림에 심연 따위는 없다는 것도, 그 그림들이 아무것도 품고 있지 않다는 것도 누구보다 나 자신이 잘 알고 있었기 때문이다.

나는 그저 감으로 선을 더듬었을 뿐이었다. 다시 말하면, 나 자신이 아니라 타인의 상념 덕에 내 그림은 무게를 더해갔다고 할 수 있다. 사실은 어떤 것이었을까? 나는 그저 텅 빈 껍데기가 아니었을까. 그저 운이 좋았을 뿐인 엉터리?

늘 나 자신을 의심하고 있었던 그 시기, 나는 같은 일을 하는 사람이 나를 의심하는 게 가장 두려웠다. 상대방이 내 정체를 알고 실망할까 봐. 그렇게 되는 날을 조금이라도 멀리 미루기 위해서는 사람들과 최대한 거리를 두는 게 상책이었다.

괜한 말을 해서 속이 드러나서도 안 되니까 미팅은 짧게, 날씨 얘기는 적당히, 반드시 필요한 사항이 마무리되면 가방을 무릎에 쓱 올려놓았다.

"사와다 씨, 정말 바쁘네요."

"인기 작가다 보니 힘들겠습니다."

사람들이 그런 오해를 할 때마다 나는 거짓의 껍데기를 한 꺼풀 더 덮어쓴 기분이 들어 자신에 대한 믿음을 잃어갔다.

중견 출판사에서 일하던 나리키요 씨가 일을 의뢰한 것은 그런 심리적인 외줄 타기가 3년이나 계속되던 무렵이었을까.

주간지에 연재되는 소설의 삽화. 소설가는 내가 학생 시절부터 애독해왔던 신예 여성 작가, 거절할 이유가 없었다.

첫 미팅 장소는 늘 하던 대로 시모키타자와에 있는 세련된 벽돌집 카페로 정했다. 그날 나리키요 씨는 주로 캐주얼한 차림으로 다니는 그 업계 사람 같지 않게 반듯한 회색 양복 차림으로 나타났다. 당연히 그때는 나리키요 씨가 아니라 나리사와 키요쓰구라는 복잡한 이름이었다.

"흔쾌히 승낙해주셔서 정말 감사합니다. 작가도 무척 기뻐하고 있어요."

"무슨 말씀을요, 저야말로 영광이죠."

"개인적으로도 크게 기대하고 있습니다. 젊은 여성 두 분의 감성이 서로 어우러져서 우리 잡지의 아저씨 냄새를 싹 씻어

주지 않을까 하고……."

첫 인상은 머리가 잘 돌아가고 빈틈없는 업계 사람. 몸집은 호리호리하고 약간 갸름한 얼굴에 길쭉한 눈. 얼핏 보면 잘생긴 것도 같은데, 가까이에서 검증할수록 얼굴 윤곽이 다소 수수한 게 흠으로 여겨진다. 하지만 그 '2퍼센트 모자람'이 오히려 어떤 유의 안심으로 이어지는 운 좋은 타입이기도 했다. 그때 그의 나이는 서른하나, 왼손 약지에 낀 결혼반지가 무척 잘 어울렸다.

"그래서 앞으로 일정은 어떻게 진행되는지……."

나는 불필요한 말은 피하고 재빨리 일 얘기로 넘어갔다. 다행히 나리키요 씨는 말귀를 잘 알아듣는 사람이라, 커피 한 잔을 다 마시기도 전에 미팅은 끝이 났다.

"그런데 저, 사와다 씨."

나리키요 씨의 목소리 톤이 툭 낮아진 것은, 내가 "그럼, 또" 하면서 가방을 무릎에 올려놓은 순간이었다.

"주간지는 역시 젊은 여성분 입장에서는 신뢰감이 좀 떨어지나요?"

"네?"

"아니, 그래서 무장을 하고 있나 싶어서."

그 솔직한 말투에 나는 들었던 엉덩이를 엉거주춤하고서 동작을 멈췄다. 오래도록 직구를 받지 않았던 글러브 한가운데로 갑자기 직구가 픽 날아온 것처럼.

"아뇨. 저는 늘 이런데요."

"늘 그래요?"

"네."

"정말 언제나 그렇게, 적으로부터 몸을 보호하듯 눈을?"

"네?"

눈과 눈이 마주치고 몇 초 후, 나리키요 씨가 던진 그다음 직구는 글러브 너머로 내 뼈까지 쿠궁 울렸다.

"사와다 씨, 저는 당신의 적이 아니라 같이 일하는 파트너입니다."

같이 일하는 파트너. 아주 당연한 지적인데도 나를 몹시 당황하게 한 나리키요 씨는, 실제로 일을 시작하고 보니 지금까지의 파트너와는 좋든 나쁘든 아주 달랐다.

우선 그는 예전의 파트너들보다 훨씬 꼼꼼했다. 메일을 보내면 반드시 그날 안에 답장이 왔다. 오늘 자료를 부탁하면 내일 보내주었다. 마감 사흘 전에는 사전 확인차 연락을 했다. 특히 삽화를 건넬 때는 독자적인 방식이 있었다. 택배보다 빠르고 확실한 퀵 서비스를 사용하겠다고 하면서 그것만으로는 부족하다는 듯이 내게 좀 더 명확한 보험을 요구했다.

"퀵 서비스 기사에게 작품을 건네고 나면 반드시 제게 알려주십시오. 메일이 아니라 전화로 부탁합니다."

발음이 정확해서 말을 알아듣지 못한 적이 없는데 나는 "네?" 하고 되물었다. 일주일에 한 번, 마감 날짜가 돌아올 때마다 일일이 그에게 '퀵 서비스 기사에게 건넸다' 하고 전화를 걸어야 한다고? 상상만 해도 귀찮았다. 그러나 나리키요 씨는 나의 침묵을 싹 무시하고 목청을 높였다.

"저도 기사에게 작품을 받으면 반드시 전화를 걸겠습니다."

"허억."

이렇게 해서 일주일에 한 번, 나리키요 씨와 하루에 두 번이나 통화하는 날들이 시작되었다. 퀵 서비스 기사에게 일러스트를 건넬 때마다 "지금 보냈어요" 하고 전화한 다음, 약 1시간 정도 지나 "무사히 잘 받았습니다" 하는 연락이 오기를 기다렸다.

왜 굳이 전화일까. 메일이면 충분하지 않은가. 요즘 같은 디지털 세상에 전화라니. 그러나 내 머릿속에서 맴돌던 불만과 저항의 아우성은 시간이 흐르면서 점차 잦아들었다. 익숙해진 것이다. 처음에는 천편일률적인 통보에 지나지 않던 대화도, 횟수를 거듭하면서 다소나마 격의가 없어졌다.

연재를 시작한 지 두 달쯤 지난 어느 날, "지금 보냈어요", "기다리고 있겠습니다" 하는 습관적인 말이 오간 후 나리키요 씨가 불쑥 말했다.

"사와다 씨 동네는 괜찮습니까? 아까 야후 뉴스를 봤더니 세타가야구에 폭우 경보가 내렸던데."

무선 전화기를 귀에 댄 채 나는 유리창 너머로 시커먼 하늘을 올려다보았다. 물론 비는 내리고 있었지만, 그렇게 쏟아지는 정도는 아니었다.

"이 동네는 괜찮은 것 같은데요."

그런데 약 1시간 반 후 나리키요 씨에게서 평소보다 약간 늦게 잘 받았다는 전화가 걸려왔을 때, 아파트 5층에 있는 내 방은 게릴라성 폭우의 직격탄을 맞고 있었다.

"엄청 와요, 비가. 나리사와 씨 목소리가 들리지 않을 정도예요."

"소리가 굉장하군요. 여기까지 들립니다."

"기사 아저씨는 무사히 도착했나요?"

"무사하긴요. 오는 도중에 폭우를 맞아서 바지가 다 젖었더라고요. 온몸으로 작품을 지켰다고 합니다."

폭포처럼 쏟아지는 비로 바깥세상이 차단되어 일말의 불안함을 느꼈던 것일까, 아니면 반대로 흥분했던 것일까. 나는 그날, 빗소리의 방해를 받으면서도 나리키요 씨와 꽤 오래 얘기를 나누었다. 이 정도면 불꽃놀이도 취소되겠는데요. 가보려고 했나요? 아뇨, 저희 집 창문에서 보이거든요. 날이 맑으면 후지산도 보여요. 그런 두서없는 대화. 들려요? 들립니까? 별

내용 없는 대화였는데도 도중에 몇 번이나 공연히 소리를 질러댔다.

비 갠 밤하늘에서 성대하게 불꽃이 터지던 그날을 경계로 무언가가 달라졌다. 일주일에 한 번 전화를 주고받으며 해도 그만, 안 해도 그만인 얘기를 두런두런 나누는 시간이 늘어난 것이다. 때로는 가벼운 농담을 주고받기도 했다. 그러다 마침내는 "죄송합니다, 교사정(교통사고로 인한 정체) 때문에 늦었습니다!", "오늘 진짜 엄덥(엄청 덥다)이네요!" 하고 말을 줄여서 하는 퀵 서비스 아저씨 흉내를 내서 나도 그를 '나리키요 씨'라고 부르게 되었다.

그렇게 조금씩 가까워졌지만, 일에 관한 한 나리키요 씨의 태도는 변함이 없었다.

"전 문학 판에서만 놀던 사람이라 그림은 전혀 모릅니다. 미안하군요."

처음에 자신을 그렇게 소개했던 대로, 그는 그림에 관해서는 문외한이며 어떤 평가도 하지 않는다는 자세를 견지했다. 긍정도 부정도 하지 않고, 의미를 파헤치지도 않는다. 대신 그런 태도를 메우듯 주변의 의견은 빼놓지 않고 전해주었다.

"이번 일러스트, 작가가 아주 마음에 들어하던데요. 머릿속 풍경이 그대로 튀어나온 것 같다면서요."

"독자 댓글도 많이 올라오고 있어요. 그림과 소설이 절묘하게 어우러진답니다. 편집부 내에도 매주 새 그림을 기다리는 팬이 많아졌어요."

회를 거듭하면서 나 역시 소설의 세계에 녹아드는 감촉이 있었기 때문에 그런 의견이 큰 힘이 되었다.

그러나 일주일에 한 번씩 계속되는 연재 일을 오래 하다 보면, 매주 상태가 좋을 수는 없다. 주기적으로 파도가 밀려오는 것처럼 크고 작은 슬럼프에 빠진다. 나리키요 씨는 그림에 대해서는 아무것도 모른다면서 내가 부진할 때는 민감하게 알아챘다.

"반년 이상이나 같은 일을 계속하다 보면 누구라도 몇 번은 벽에 부딪히는 법입니다. 괜찮아요. 나락 같은 시기가 지나가면 다들 다시 떠오르니까요."

"사와다 씨, 주간지 연재는 처음이죠? 매번 마감 날짜를 지키는 것만 해도 대단합니다."

"잘 압니다. 뭘 그리면 좋을지 오리무중인 거겠죠. 터널 안 장면이 3주씩이나 이어졌으니 누구라도 머리를 싸맬 겁니다. 차라리 회상 장면을 넣으면 어떨까요."

아무튼 시시콜콜 잘 살펴주는 나리키요 씨와 함께 일하는 동안, 나는 종종 학창 시절을 떠올렸다. 같은 반 친구들과 싫어도 매일 얼굴을 마주하지 않을 수 없었던 그 시절. 매일 아침 "안녕"이라고, 하고 싶지도 않은 인사를 해야 하고, 좁은 교실이 답답해서 견딜 수 없었던 그 나날들. 그러나 프리랜서로 나서면서 자유를 얻는 대신 동료를 잃었으며, 매일 아침 싫든 좋든 "안녕" 하고 인사를 나눠야 얻을 수 있는 신뢰 관계도 존재한다는 것을 깨달았다.

직장 사람들 간의 농밀한 인간관계를 생각하면, 일주일에 한 번씩 전화로 얘기를 나누는 정도는 그저 흉내에 지나지 않을지도 모른다. 그럼에도 나리키요 씨는 처음으로 내게 타인과 함께 일하는 것의 의미를 진지하게 생각하게 한 사람이었다. 나 자신을 믿지 못했던 내게, 신뢰할 수 있는 누군가가 옆에 있다는 게 얼마나 소중한 일인지도 가르쳐주었다.

연재가 끝나면 둘이서 뒤풀이합시다. 느긋하게 식사 한번 해요. 연재소설의 결말, 얽히고설킨 연애의 종점이 슬슬 보이기 시작할 무렵부터 나와 나리키요 씨 사이에 그런 얘기가 자주 오가게 되었다. 그럼요, 그래야죠. 네, 그럽시다. 전화가 오갈 때마다 서로 다짐했다. 하루에 두 번 확인할 때도 있었다.

그러나 결과적으로, 연재가 끝난 후에도 둘이서 식사하러 가는 일은 없었다. 이제나저제나 하고 기다려도 나리키요 씨로부터 구체적인 제안은 없었다. 그래서 실망스러운 건지 안도하는 건지 나 스스로도 잘 몰랐다.

나리키요 씨가 보관하고 있던 원화를 한꺼번에 정리해서 돌려준 것은, 일이 끝나고 석 달쯤 지나서였다. 일주일에 한 번씩 전화가 오가지 않는 날들에 겨우 익숙해질 무렵이었다. 한가할 때 택배로 보내주면 된다고 해도, 나리키요 씨는 만나서 직접 돌려주겠다고 고집을 부렸다. 하지만 좀처럼 서로의 시간이 맞지 않아 차일피일 미루어졌고, 덕분에 그동안 나는 천천히 머릿속을 정리할 수 있었다.

　처음 미팅을 했던 카페의 창가, 차도가 내다보이는 자리에서 우리는 오랜만에 마주 앉았다.

　"신세 많이 졌습니다."

　나리키요 씨는 그렇게 말하면서 머리를 숙였고, 나도 공손하게 머리를 숙였다.

　"주간지 연재는 처음이라고 해서 속으로는 약간 걱정도 했는데, 터무니없는 기우였습니다. 매주 그림을 받는 날이 정말 기다려졌어요."

　"저야말로 나리키요 씨 덕분에 간신히 일을 끝냈죠. 귀중한 경험이었어요."

　흔히 하는 인사치레인지 진심인지, 표정을 읽을 수 없는 나리키요 씨의 눈 속에서 그 대답을 찾으려다 도중에 포기하고 말았다. 그 대신 나리키요 씨를 만나면 전하려고 가슴에 품고 있던 말을 꺼냈다.

"나리키요 씨, 저, 한동안 일을 그만두고 파리에 가기로 했어요."

"네?"

"그렇게 결정했어요. 2년 동안 파리에서 조각 공부를 할 거예요."

갑작스러운 고백에 아연해하는 나리키요 씨에게, 나는 그런 결단에 이르게 된 경위를 짧게 설명했다.

지금까지 운이 좋아 계속 일할 수 있었지만, 벌써 오래전부터 자신이 그리는 그림에 자신이 없었다고. 완전한 프로가 되지 못하는 자신에게 정신적으로 짜증이 쌓였다고. 이대로 일을 계속해도 좋을지 고민하다가 간신히 결론을 내렸다고. 역시 지금 이대로는 안 되겠다고.

"여기에 계속 있다 보면 어영부영 일을 계속하게 될 것 같아서 과감하게 환경을 바꿔보려고요."

"그래서 파리로?"

"사실 대학에 가서는 조각을 하고 싶었는데, 주변 사람들이 조각을 해서는 먹고살기 힘들다고 말이 많아서 그냥 포기했어요. 그게 줄곧 후회로 남아서……. 대학 시절부터 일을 계속한 덕분에 지금도 좀 해놓았으니까, 2년 동안은 하고 싶은 걸 마음껏 해보려고요."

"아, 그럼…… 그 말은, 사와다 씨, 조각가가 되겠다는 뜻인가요?"

"에이, 설마요. 겨우 2년 동안 공부해서 어떻게 조각가가 되겠어요."

"그럼 2년 후에는 다시 돌아와서 일러스트를?"

"그것도 진지하게 생각해보려고요. 2년 후에도 일러스트를 계속 그리고 싶은 마음이면, 그때야말로 진짜가 되고 싶으니까요."

안이한 생각이다. 그런 반응을 예감하고 목소리가 절로 기어들어갔다. 2년 후? 그때도 일이 있을 거라고 생각하는 건가요? 젊고 재능 있는 사람들이 하루가 멀다 하고 쏟아져 들어오는 업계인데, 2년이나 일을 쉬면 그냥 잊히고 맙니다. 한창 일할 때인데 아깝군요. 2년 동안 일을 쉬겠노라고 전하자, 같이 일하던 사람들은 하나같이 그렇게 말했다. 그런 의견이 타당하다는 것도 잘 알고 있었다.

그래요, 옳은 말이에요. 나리키요 씨가 무슨 말을 하든 감수하자고 생각하고 있는데, 어느 틈엔가 고요해진 눈빛으로 그가 말했다.

"우리 둘이니까 하는 말인데, 계속 일만 하다가 알게 모르게 사라지는 일러스트레이터, 많이 봤습니다."

"네?"

"허구한 날 쫓기듯이 일하다가 결국은 일에서 헤어나지 못해 거의 아슬아슬한 선까지 자신을 갉아먹는…… 그렇게 되었을 때는 이미 늦죠. 사와다 씨가 지금 각오를 다지고 새로운 세상을 찾아가겠다고 하면, 그곳이 어디든 저는 응원할 겁니다. 위험부담이 따르는 일이기는 하지만, 어떻습니까. 사와다 씨는 아직 스물다섯 살의 젊은 나이인데."

진심이 담긴 격려에 나는 그가 뒷받침해주었던 지난 반년의 무게를 새삼 인식했다. 아, 그렇구나. 나는 아직 젊구나. 나리키요 씨가 그렇게 말해주니 정말 그렇다고 순순히 생각할 수 있었다. 같이 식사를 하자는 말은 없지만, 이 사람은 그 약속을 잊은 것은 아니다.

"그건 그렇고, 사와다 씨, 왜 조각입니까?"

"왜냐고요? ……사실 그건 저도 잘 모르겠는데, 예전부터 입체에 대한 동경이 있었어요."

"입체?"

"입체적이고 묵직한 것에 대한 외경심 같은 거요."

"아하, 그렇군요. 입체적이고 묵직한 거요."

몇 번이나 그 말을 중얼거리더니, 나리키요 씨는 우아하게 미소 지었다.

"언젠가 보여주시죠, 사와다 씨의 입체를."

나는 그러겠다고 약속하고 나리키요 씨와 헤어졌다.

2년 후 파리에서 돌아왔을 때, 나리키요 씨는 이미 주간지

편집부에 있지 않았다. 다른 사람을 통해 부서 이동이 있었다는 걸 안 나는, 망설인 끝에 귀국 보고를 하지 않기로 했다. 말로 설명하기보다는 새로운 자신을 보여주고 싶었다. 일단은 내가 그린 일러스트가 나리키요 씨의 눈에 띄는 날이 오기를 목표로 삼자고 결심했다.

2년 동안 파리에서 보낸 생활은 결코 헛되지 않았다. 세계 각지에서 모여든 입체의 달인 같은 젊은이들과 함께 조각을 배웠던 꿈같은 시간. 나는 크게 자극받았고, 입체의 맛을 마음껏 즐겼고, 그리고 자신의 한계를 깨달았다.

조각을 계속하자. 그러나 어디까지나 개인적인 취미로. 일과는 다른 지평에서 꾸준히 실력을 닦아 언젠가 조그만 갤러리에서 조촐하게 개인전을 열 수 있으면 족하다.

내가 평생에 걸쳐 할 일은 역시 평면이다. 막상 붓을 내려놓고 보니, 이럴 수도 있었는데, 저럴 수도 있었는데, 하고 내가 생각해도 참 유치한 아쉬움이 밀려오는 2년간이기도 했다. 후반의 1년은 아트 스쿨에서 조각을 배우는 한편, 나를 눈여겨 봐준 선생님의 아틀리에에 다니면서 데생을 기초부터 다시 배웠다.

물론 외국에서 한두 해 공부했다고 해서 값어치가 올라갈 만큼 녹록한 세계가 아니다. 나리키요 씨를 제외한 모두가 충고했던 대로 2년간에 이르는 공백은 타격이 컸다. 귀국은 했지만, 새로운 유행이 점령한 일러스트 업계에 내가 나설 자리는 이미 없었다. 전에 같이 일했던 사람에게 귀국을 알려도 바로 일거리를 주기는커녕, 어머 귀국하셨어요, 하며 놀란 후에는, 힘내세요, 하고 슬그머니 내쳤다. 그런데도 2년 동안 작업한 컷을 싸 들고 회사마다 직접 돌아다니고, 열정이 담긴 노트북을 열어 보여주기도 하고, 값싼 일거리도 마다 않고 맡아 하면서 나를 어필하다 보니 일이 조금씩 들어오기 시작했다.

미팅 장소로 거실을 개방하고, 파리에서 익힌 솜씨를 살려 내 손으로 구운 과일 타르트와 홍차를 대접했다. 그것이 나의 새로운 스타일이었다. 이제 거리는 필요 없다. 지금도 나는 텅 빈 껍데기에 불과할지도 모르고 여전히 가짜일지도 모르지만, 적어도 그들은 그런 나를 파트너로 삼으려 하고 있으니까.

"사와다 씨, 좀 변한 것 같아요."

상대방이 당황하며 그렇게 말할 때마다 나는 딱딱한 껍데기를 덮어쓰고 있던 예전의 나를 수치스럽게 돌아보았다. 그리고 그런 나를 조금이나마 변하게 해준 나리키요 씨를 생각했다.

바라고 바란 일이 들어온 것은, 귀국한 지 2년이나 지난 후였다.

"오랜만이군요. 나리사와입니다. 활약상, 멀리서 지켜보고 있었습니다. 사와다 씨, 이제 또 일을 같이 해야죠."

수화기에서 흘러나오는 그리운 목소리에 얼마나 들뜨고 흥분했는지 모른다.

"그럼요, 해야죠. 할게요. 저, 이날을 줄곧 기다리고 있었어요."

무조건 달려든 내게 나리키요 씨는 여전히 발음이 정확한 목소리로 현재의 소속을 알렸다.

"의외라고 생각하겠지만, 지금 저는 패션 잡지를 담당하고 있습니다."

"패션 잡지, 요?"

사실 의외였다. 게다가 모드계 패션 잡지여서 일의 내용도 주간지 때와는 무척 달랐다.

"대대적인 특별 기획입니다. 우리 잡지가 내년 봄에 창간 10주년을 맞는데, 그 기념으로 거물급 여배우와 지금 인기 상승 중인 신인 여배우가 편지를 주고받게 되었어요. 그 삽화를 사와다 씨가 꼭 맡아주었으면 해서."

당장 약속 날짜를 잡고 흥분과 긴장 속에서 맞은 그날 오후. 약속 시간보다 20분이나 늦게 나타난 나리키요 씨를 보고 나는 대체 이 사람이 누군가 싶어 어리둥절했다. 누군지 몰라볼 정도로 달라진 나리키요 씨가 거기 있었다.

하얀색과 오렌지색 줄무늬가 있는 파란색 재킷. 무릎까지 오는 하얀 데님 팬츠. 브로콜리 딱 하나가 사실적으로 그려진 노란색 셔츠. 거기다 같은 노란색 가짜 안경. 머리는 한없이 금발에 가까운 갈색이고, 전에는 터프하게 날리던 앞머리가 바짝 곧추서 있었다. 코믹 밴드의 드러머 같았다. 사람들의 개성에 관대한 파리에서도 이렇게까지 별나고 대담한 차림은 별로 보지 못했다.

"나리…… 키요…… 씨."

그야말로 조각상처럼 온몸이 굳어버린 내게 나리키요 씨는 자신의 변모에 대해서는 설명도 변명도 하지 않았다. 마치 태어났을 때부터 앞머리가 바짝 서 있던 사람 같은 표정으로 우선 약속 시간에 늦은 것을 사과했다.

"죄송합니다. 앞의 미팅이 시간을 끌어서."

오랜만에 얼굴을 보는 상대가 놀라는 것에는 이골이 났는지도 모르고, 싫증이 났는지도 모르겠다. 이골이 나지도 싫증이 나지도 않은 나는 동요를 잠재우려 애써 천천히 홍차를 끓였는데, 정작 나리키요 씨는 찻잔에는 손도 대지 않고 가짜 안경 너머로 거실을 두리번거릴 뿐 도무지 차분해질 줄을 몰랐다. 이렇게 어수선한 사람이었나 싶을 정도였다.

"드세요."

살구 타르트를 홍차 옆에 곁들이자 나리키요 씨는 그때야 눈길을 돌려 나를 제대로 쳐다보았다.

"건강해 보여서 다행입니다. 파리 얘기를 느긋하게 듣고 싶은데, 실은 이다음에도 약속이 하나 더 있어서. 다음 기회를 기대하기로 하고, 바로 일 얘기로 들어가죠."

재회의 인사도 하는 둥 마는 둥 본론으로 들어간 후에도 나리키요 씨는 숫자판이 유난히 큰 손목시계에 신경을 곤두세웠다.

　"이 왕복 서간은 매달리고 매달려서 겨우 따낸 혼신의 기획입니다. 그래서 무슨 일이 있어도 꼭 사와다 씨에게 부탁드리고 싶군요. 거물급 여배우의 독기와 신인 여배우의 풋풋함. 쌍벽을 이루는 두 개성을 자유자재로 표현할 수 있는 작가는 사와다 도키코 씨뿐이죠. 편집부에서도 큰 기대를 걸고 있습니다."

　그는 예전보다 다소 과장스럽다 싶게 입에 발린 말을 섞어가면서도 여전히 매끄러운 속도로 일 얘기를 진행하고는 황망하게 자리에서 일어났다.

　"오늘은 정말 죄송합니다. 다음에 천천히 밥이라도 같이 먹으면서 얘기 들려주시죠. 그럼."

　밥이라도. 아주 가볍게 그런 말을 던지고 돌아서는 컬러풀한 뒷모습이 사라지자, 갑자기 색감이 칙칙해진 거실에서 나는 부러진 콩테처럼 맥이 쭉 빠졌다.

　새롭게 변한 자신을 보이고 싶어 이날이 오기만을 기다렸는데, 막상 만나보니 자신보다 상대가 차원이 다르게 변모한 데서 온 충격. 타르트를 날름 먹어준 것이 그나마 다행이라면 다행이었지만, 맛에 대해서는 아무런 언급이 없었다. 그럴 여유는 없어 보였다.

어쩔 수 없지. 다 식은 얼그레이를 마시면서 그렇게 생각했다. 잡지가 살아남기 힘든 시대다. 오늘 나리키요 씨는 유독 바빴다. 이 나라 사람에게는 흔히 있는 일이다.

본격적으로 '뭐지!' 하고 생각한 것은 그 다음다음 달에 왕복 서간이 오가기 시작한 후였다.

나는 나리키요 씨에게 건넬 첫 번째 일러스트를 만감이 교차하는 기분으로 혼신을 다해 그렸다. 한색과 난색처럼 질이 다른 두 여자의 심적 풍경. 그 먼 거리를 가시화해서 독자의 감흥을 이끌어내고 싶었다. 악전고투한 끝에 겨우 완성한 그림 한 장을 퀵 서비스로 보냈을 때는 가슴이 쿵쿵 뛰었다.

그리고 곧장 편집부로 전화를 걸었다. 나리키요 씨는 외출 중이었다. 일러스트를 받았다는 확인 메일을 받은 것은 세 시간 후였다.

'힘이 담긴 일러스트, 감사합니다. 과연 사와다 씨!라고 편집부가 들끓고 있습니다. 땡큐입니다! 나리사와☆'

그게 첫 번째 '뭐지!'였다.

그런데도 다음 달이 되어 두 번째 마감 날짜가 돌아오자, 퀵 서비스 기사를 배웅한 다음 나는 바로 편집부에 전화를 걸었다. 역시 나리키요 씨는 외출 중이었다. 연락 기다리고 있을게요. 그렇게 전해달라고 한 뒤 나는 그 말 그대로 전화가 걸려

오기를 목이 빠지게 기다렸다. 그러나 나리키요 씨의 메일이 온 것은 한밤중이었다.

'일러스트, 잘 받았습니다. 이번에도 역작, 땡큐입니다! 저도 자리를 비우는 일이 많고 사와다 씨도 바쁠 테니, 앞으로는 잘 받았다는 메일을 최대한 빨리 보내도록 하겠습니다. 나리사와☆'

다행인지 불행인지 나리키요 씨가 말한 '앞으로'는 찾아오지 않았다. 거물급 여배우가 젊은 여배우를 내심 못마땅하게 여겼는지, 두 번째 서간이 오간 후 자신의 블로그에 '요즘 젊은 여배우는 우리나라 말도 제대로 못한다'고 넌지시 비난했고, 젊은 여배우도 그에 질세라 자신의 페이스북에 '이옵니다, 하옵니다, 대체 뭐라는 건지 읽을 수가 있어야지~' 하고 응전. 게다가 팬과 매스컴, 그 밖의 수많은 구경꾼들이 들썩거리며 두 사람을 부채질한 결과, 소속사와 편집부의 고생도 허망하게 왕복 서간은 세 번째를 맞지 못하고 연재는 중단되었다.

마지막으로 나리키요 씨를 만난 것은, 일련의 상황을 설명하고 사과하기 위해 그가 우리 집으로 찾아왔을 때였다.

"이번 일은 정말 뭐라 사과드릴 말이 없습니다. 완전히 저의 기획 실패입니다. 모처럼 사와다 씨와 함께 일을 시작했는데, 사태가 이렇게 되는 바람에……."

나리키요 씨가 머리를 조아릴 때마다 바짝 선 앞머리가 휘청휘청 흔들렸다. 이날 그는 〈칼리오스트로의 성〉 시대의 루팡 3세를 방불케 하는 초록색 재킷 차림이었고, 가슴 수머니에 든 스마트폰에서는 쉴 새 없이 착신 신호가 울렸다. 심혈을 기울인 기획이 무산되어 그 뒷수습을 하는 와중이었으리라. 피곤에 절어 얼굴은 팅팅 부었고, 정신은 어디 다른 데 있는 것 같았고, "죄송합니다"와 "어떻게 사죄하면 좋을지 모르겠습니다"를 반복하면서도 스마트폰 전원은 끄지 않고, 그러다 간혹 엄청난 속도로 짧은 문장을 쳐서 회신을 보내고, 도착한 메일을 얼핏 보고는 '아뿔싸' 하는 표정을 짓기도 했다.

"정말 어떻게든 이 실책을 메우도록 하겠습니다. 아, 그렇죠, 다음에는 꼭 같이 식사라도……."

황금낭 타르트에는 손도 대지 않은 채 손목시계에 쫓기듯 일어나 돌아갈 때, 현관으로 나가는 복도에서 일단 걸음을 멈추고 사방을 또 두리번거렸다. 마치 보석을 잃어버린 후지코를 찾는 루팡처럼.

그 결과, 그를 보내고 난 뒤 나의 뇌리에는 〈칼리오스트로의 성〉의 그 애처로운 엔딩 곡이 집요하게 흐르게 되었다.

두 달 후 나리키요 씨가 새로운 연재 일거리를 부탁했지만, 나는 바쁘다는 이유로 사양했다. 그리고 또 한 달 후 한 번에 끝나는 일로 의사를 물어왔지만 역시 거절했다. 그 후에는 연락이 끊겼고, 서로 소식을 전하지 않은 채 7년이라는 세월이 흘렀다.

그런 사람을 내가 왜 개인전에 초대했을까. 나리키요 씨 앞으로 초대장을 보낸 다음부터 그런 의문이 줄곧 남아 있었다.

나리키요 씨를 생각하면 제일 먼저 떠오르는 것은 역시 그루팡 같은 재킷이다. 불행한 일이지만, 마지막 기억은 이렇듯 뿌리가 깊다. 슬리퍼도 혼란스럽겠다 싶을 만큼 얼룩얼룩한 양말. 거뭇거뭇한 뿌리가 드러난 갈색 머리. 결혼반지가 무색하리만큼 번쩍거렸던 터키석 반지. 그리움마저 날려 보낸 강렬한 변모.

그런데 7년이 지나 다시금 유심히 살펴보니, 그 장난스러운 모습 속에는 역시 예전의 꼼꼼한 나리키요 씨가 있었다. 과거의 그를 지우고 새로운 그로 변모한 것이 아니라, 새로운 나리키요도 그 옛날의 나리키요도 시공을 뛰어넘어 동시에 거기 있었다. 옛 나리키요와 착실하게 관계를 쌓았던 날들도, 파리로 떠나기 전의 내게 언젠가 나의 입체를 보여달라고 했던 격려의 말도, 역시 있었던 일이었다. 새 나리키요의 등판으로 옛 나리키요의 소박한 투구가 과거로 묻힌 것은 아니었다. 가령 새 나리키요가 아무리 교묘하게 루팡으로 변모했다 한들 내게서 옛 나리키요의 기억을 훔쳐갈 수는 없다.

그렇게 논리적으로 생각한 끝에 초대장을 보낸 것은 아니었다. 첫 입체 개인전을 앞두고 수수께끼의 지장보살이 보일 만큼 초긴장 상태였던 나는, 나리키요 씨에게 초대장을 보내느냐 마느냐로 고민하는 데 지친 나머지, 그 고민을 떨쳐버릴 유일한 방법으로 어느 날 갑자기, 정신없는 와중에, 에잇, 하는 기분으로 초대장을 보내버리고 말았다.

그러나 설마 나리키요 씨가 와주리라고는 생각지 않았다.

이전보다 살집이 두툼해진 등판이 내가 몇 년에 걸쳐 완성한 조각 작품들 앞에 있다. 그 현실에 머리가 미처 따라가지 못했다.

스무 점을 전시하면 꽉 차는 조그만 갤러리이다 보니 아무리 지긋하게 꼼꼼히 봐도 그리 오랜 시간은 걸리지 않는다. 한 바퀴 다 돌아본 나리키요 씨를 납치하다시피 의자에 앉히고, 두 잔째 보리차를 내왔다.

"부끄럽네요. 그저 취미의 연장으로 제작한 것들이라서. 하지만 가끔은 놀이하는 기분으로 달려보는 것도 괜찮지 않나 싶어서."

"아니, 저, 미안하군요. 예나 지금이나 미술에 관해서는 정말 문외한이라서요."

"아 참, 그렇죠."

"정말 몰라요."

"네, 맞아요. 그랬죠."

"다만 한 가지 할 수 있는 말이 있다면……."

"네?"

"모든 작품이, 입체적이고 묵직합니다."

"아……."

기억하고 있었다. 나리키요 씨도 그날 우리의 대화를 과거로 묻어버리지 않았다.

뒤통수를 한 대 얻어맞은 것처럼 허둥대는 내 앞에서, 나리키요 씨는 수줍은 눈빛으로 희끗희끗한 머리를 긁적거렸다.

"사실은 언젠가는 꼭 봐야겠다고 생각했어요. 사와다 씨, 입체에 집착하는 것치고는 집 어디에도 입체적인 작품이 없어서 말이죠. 그래서 언젠가는 꼭 봐야겠다고…… 생각은 했는데, 그러다 회사를 그만뒀어요."

"어머, 그래요?"

"네. 여러 가지로 무리를 한 바람에 몸이 망가져서. 아무튼 여성 패션지로 옮긴 다음부터는 여러 가지로."

"아…… 그랬군요."

정말 그랬겠다 싶은 일이 너무 많아 그만 목소리까지 높이며 고개를 끄덕이자, 나리키요 씨의 겸연쩍은 미소가 쓴웃음으로 바뀌었다.

"그때는 사와다 씨에게 정말 누를 많이 끼쳤습니다."

"누는 무슨 누요. 이제 몸은 괜찮으세요?"

"네. 아무래도 시골 생활이 성격에 맞는 것 같습니다. 지금은 잡지가 아니라 사이타마 어귀에서 술을 빚고 있어요."

"술이요?"

"아내의 친정에서 양조장을 하는데, 그 일을 거들고 있죠."

"아아, 술……."

"제가 뭘 만드는 사람이 될 줄은 꿈에도 몰랐습니다. 효모라는 게 참 오묘하고 재미있더라고요. 아직은 초짜이지만 언젠가 자신 있게 내놓을 수 있는 작품이 완성되면 사와다 씨에게 보내드리죠."

"정말요?"

"그럼요."

그러니까, 하고 나리키요 씨가 말을 이었다.

"사와다 씨도 또 개인전을 열게 되면 초대해주십시오. 이번에는 옛 동료가 전달해줘서 받았지만, 다음에는 가능하면 여기로."

나는 '다치바나 술도가'라고 찍힌 명함을 두 손으로 공손히 받아 들었다.

"네. 약속할게요."

"약도에서 지장보살은 빼고 부탁합니다."

"네. 지장보살은 두 번 다시."

겨우 자연스럽게 웃을 수 있었다. 동시에 등에 뜨끈한 열기를 느꼈다.

뒤를 돌아보니 유리문 앞에서 폭포처럼 땀을 뚝뚝 흘리는 디자이너의 모습이 눈에 들어왔다.

"아, 야스이 씨."

"사와다 씨, 지장보살이, 지장……."

"미안해요, 정말 미안해요. 없죠, 지장보살이 없어서 많이 헤맸죠. 이렇게 날도 더운데 정말 미안해요, 우선 한숨 돌리면서 땀을 좀 식히……."

숨을 헐떡거리는 야스이 씨에게 나리키요 씨가 "여기 앉으시죠" 하면서 자리를 양보했다. 그리고 지금이 자리를 뜰 때라는 듯이 "그럼" 하면서 내게 눈짓했다. 그 손이 갤러리의 유리문을 열자, 후끈한 열기가 다시 밀려들어왔다. 야스이 씨에게 시원한 보리차를 대접하고, 지장보살의 실종을 새삼 사과한 다음 "잠깐만 나갔다 올게요" 하고는 나리키요 씨의 뒤를 쫓아갔다.

에어컨을 켜두었던 갤러리 밖으로 한 걸음 나서자마자 뜨거운 햇살에 온몸이 푹 젖었다. 에어컨의 여운은 순식간에 사라졌지만 뼈까지 찌르는 듯한 직사광선이 오히려 기분 좋았다.

그 건조한 열기에 등을 떠밀리듯, 나는 한적한 주택가 사잇길로 저 멀리 걸어가는 사람에게 외쳤다.

"나리키요 씨!"

나리키요 씨가 걸음을 멈춘다. 돌아본다. 한 손을 들어 흔든다. 하늘에서 노란색 스프레이를 뿌린 것처럼 모든 게 눈이 부셔 잘 보이지 않지만, 그가 웃고 있다는 것은 알 수 있다.

"나리키요 씨, 다음에는 같이 밥이라도 먹어요."

후끈한 공기층 너머에서 나리키요 씨가 두 손을 흔들고 있다.

아아, 나이를 먹는다는 것도 참 재미있네. 나리키요 씨와의 만남, 헤어짐, 다시 만남, 또 헤어짐. 그 일련의 과정을 대충 더듬으면서 나는 마음속으로 생각했다. 나이를 먹는다는 건 같은 사람을 몇 번이든 다시 만날 수 있다는 것이다. 만날 때마다 낯선 얼굴을 보이면서 사람은 입체적이 된다. 길 위로 피어오르는 아지랑이에 녹아드는 나리키요 씨의 뒷모습을 바라보면서 나는, 눈물이 핑 돌 만큼 재미있다고, 재미있다고 생각했다.

순무와 셀러리와 다시마 샐러드

오늘 저녁은 대충 준비하지 뭐. 기요미가 내심 그렇게 결심한 것은 회사가 끝나고 신주쿠 지하도를 지나 집으로 돌아가는 길이었다.

귀가하는 사람들로 북적북적 혼잡한 시간대, 앞에서 밀려오는 인파에 정신을 팔고 있다가 뒤에서 급하게 오던 남자와 쾅 부딪쳐 몸이 휘청했다. 앗! 하는 순간에 이미 토트백이 손에서 떨어져 안에 든 것이 요란하게 바닥에 쏟아졌다.

허둥지둥 무릎을 꿇고 오가는 사람들에 금방이라도 밟힐 듯한 내용물을 줍는다. 지갑, 스마트폰, 파우치, 명함 지갑, 손수건. 본능적으로 비싼 것부터 토트백에 쑤셔 넣는다. 한참을 그러고 있다 머리 위를 뒤덮는 그림자를 느낀 기요미가 문득 고개를 들자, 부딪친 장본인이 멍한 얼굴로 그녀를 내려다보고 있었다.

기요미보다 스무 살 이상이나 아래로 보이는 서른 전후의 남자. 검은 다운재킷에 청바지를 입은 평범한 차림으로, 얼굴이 유난히 창백하다는 것 외에는 별다른 특징이 없었다. 이상한 것은 그 눈길. 자기 때문에 알지도 못하는 여자가 허둥대고 있는데, 미안해하는 투도 아니고 오히려 불쾌해하는 것도 아니고 손을 내미는 것도 아니고, 표정 없는 얼굴로 그저 내려다보고 있었다. 핏기도 온기도 없는 돌덩이 같은 눈동자에서는 아무 감정도 전해지지 않았다. 어떤 의미에서는, 불순물이 섞이지 않은 다이아몬드처럼 순도 높은 무구함.

　순간적으로 분노를 잊고 올려다보던 기요미가 퍼뜩 정신을 차리고 뭐라 불만을 터뜨리려 하던 그때, 남자는 소리도 없이 사라졌다.

　사람을 그렇게 밀쳐놓고 사과 한마디 없다니. 허, 요즘 젊은 사람들 대체 무슨 생각이야. 세상이 어떻게 돌아가고 있는 건지 모르겠네. 그렇게 투덜거리면서 소지품을 다 끌어 담은 후 기요미는 쓰디쓴 가슴에 꿀을 먹이듯, 백화점 지하에나 들러볼까, 하고 생각했던 것이다. 이런 날은 좀 편하게 지하 식품부에서 반찬을 사다가 저녁을 차린다고 해서 벌을 받지는 않겠지, 하고.

　반찬 두 가지와 장아찌와 된장국. 도심에 있는 의류 회사에 다니는 남편과 결혼한 후로 그럭저럭 30년, 기요미는 저녁이면

이 네 가지를 빠트리지 않고 식탁을 차려왔다. 그것도 철저하게 수제를 고집해서. 쌀겨에 박아 발효시키는 장아찌는 말할 것도 없고 샐러드드레싱에서 만두피, 심지어 어묵까지 모두 시판되는 제품에 의존하지 않고 제 손으로 직접 만들어왔다.

야근이 엄격하게 금지되어 있는 영세 기업이기는 하나, 맞벌이 부부 처지에 1년 365일 저녁을 차린다는 것은 쉬운 일이 아니다. 그래도 '내가 부엌에 서는 시간의 총량과 가족의 건강은 비례한다'는 좌우명 아래, 눈이 오나 비가 오나, 방사능이 날리든 황사가 날리든, 매일 묵묵히 팔을 걷어붙여왔다. 불과 몇 년 전까지만 해도.

그게 언제부터 흐트러지기 시작했을까. 남편 노부유키가 중간관리직으로 승진해 야근하는 날이 많아지는 바람에 저녁을 함께 먹는 날이 드문드문해지고부터? 외아들 아쓰히코가 일본을 떠나 외국에 몸을 숨긴 후? 아니면 그저 내가 나이를 먹었을 뿐인가?

거역할 수 없는 세월의 흐름이 자신을 둘러싼 환경과 자신마저 변질시켰다고 기요미는 생각한다.

기본적으로는 지금도 네 가지 반찬을 손수 만들고 있다. 하지만 몹시 지친 날, 운이 나쁜 날, 좋지 않은 일이 생겨 기분이 울적한 날에는 백화점 지하에서 반찬을 한 가지쯤 사다 먹어도 괜찮겠다고 생각하게 되었다. 주부도 가끔은 남이 만든 걸

먹어도 좋지 않겠어, 하고.

실제로 나쁘지 않았다. 때로 자신에게 예외를 허락하자 기요미는 새끼발가락만큼 자신이 부엌에서 해방된 느낌이 들었다. 끝내 버리지 못하고 있던 '현모양처'의 굴레에서도 해방되어, 드디어 당당한 아줌마로 뭐든 하고 싶은 대로 하며 살 수 있게 되었다는 후련한 심정도 있었다.

회사에서 집으로 돌아가는 길에 신주쿠 역과 지하도로 연결된 백화점 식품부에 들러, 오늘 반찬은 뭘로 할까 물색하는 재미도 있었다. 일식. 양식. 중식. 그 밖의 외국 음식. 반짝거리는 유리 진열장 안에서 자태를 뽐내는 갖가지 요리를 바라보기만 해도 그날의 스트레스가 조금은 풀렸다. 무례한 남자와 부딪친 그날, 각종 샐러드를 판매하는 '베지 & 헬스' 매장 앞에서 걸음을 멈췄을 때 기요미는 벌써 조금 전의 불쾌함을 잊고 있었다.

오늘 사이드 디시는 샐러드로 하자. 매장이 북적거리는데도 웬일로 그렇게 빨리 결정한 것은, 오늘 저녁의 메인 반찬을 고기와 두부조림으로 이미 정했기 때문이었다. 어제 동네 슈퍼마켓에서 세일하는 소고기를 사다 놓았으니, 소고기와 두부면 단백질은 충분하다. 그렇다면 다른 반찬은 역시 푸른 채소다. 맛을 일식으로 통일할 수 있으면 더욱 좋고.

조건과 일치한 품목은 신상품이라는 표시가 붙어 있는 '순무와 셀러리와 다시마 샐러드'였다. 순무와 셀러리는 기요미도 좋아하는 식재료인 데다 반들반들 신선해 보였다. 하얀색과 연두색 아래 다시마의 검은색이 깔린 배색도 눈에 확 띄고 세련되었다. 100그램에 330엔. 가격도 그런대로 적당하다.

 "저기요. 순무와 셀러리와 다시마 샐러드 150그램 주세요."

 차례가 돌아오기를 기다렸다가 기요미는 여점원에게 늘 사던 대로 그램 수를 말했다. 매번 150이라는 어중간한 수치에 다소 미안한 마음도 들지만, 어디까지나 사이드 디시이니 그리 많은 양은 필요하지 않다. 식탁에 맛과 색채의 작은 변화를 주는 역할이면 충분하다.

 "150그램이요?"

 "……네."

 언제나 원하는 양보다 조금 많게 담아주는 봉지를 받아 토트백 안에 집어넣고 들어온 길로 다시 나간다.

 그런데 몇 걸음 걷다 말고 기요미는 '음?' 하면서 고개를 갸웃거렸다. 뭔가 좀 이상하다. 그녀가 식품 매장 안에 있는 동안 지하도 분위기가 싹 달라졌다. 왠지 흉흉하고 시끌시끌했다.

 신주쿠 역에 가까워지자 점점 더 심해졌다. 만원 전철 못지않게 붐비는 인파 속에서 이리 밀치고 저리 밀치며 우왕좌왕하는 사람들의 표정도 왠지 살벌했다. 지상에서는 경찰차의 사이렌 소리가 울렸다. 보나 마나 또 총기 발사 사건이 있었던 거겠지. 휴우. 맥이 쭉 빠졌지만, 옴짝달싹 못하는 인파 속에서 꾹꾹 참으면서 평소의 몇 배나 걸려 겨우 플랫폼에 도착했다.

역시 평소의 몇 배나 붐비는 전철을 타고, 역에서 걸어 10분 걸리는 집에 도착했다. 오늘은 백화점 지하 매장에서 집까지 오는 데 40분이나 걸린 셈이다.

그러나 아무리 지치고 운이 없는 날에도, 나쁜 일이 생겨 기분이 울적한 때에도 집 냄새를 맡으면 역시 안도하게 된다. 현관 안에 짐을 내려놓는 순간, 오늘 하루라는 무거운 돌덩이가 어깨에서 툭 떨어져 내리는 것처럼.

하지만 주부로서의 일은 아직 남아 있다. 중요한 것은 이쯤에서 한숨 돌리다 다시 움직이기가 귀찮아지기 전에 후딱 움직이는 것이다.

침실 벽장에 코트를 걸고 편한 옷으로 갈아입은 다음 그 위에 앞치마를 두른다. 좌우 주머니에 알록달록한 단추가 촘촘히 달려 있는 페퍼민트색 앞치마는, 집 안에서만 입는다는 전제하에 기요미가 좋아하는 것이다.

안 그래도 좁은데 냉장고가 막고 있어 더 좁아진 부엌 입구에 몸을 옆으로 비집고 들어가, 우선 쌀을 씻고 밥솥을 켠다. 오늘은 반찬 한 가지가 이미 있는 데다, 고기 두부조림도 요리라고 할 수 없을 만큼 간단히 만들 수 있으니 마음이 가볍다. 소고기와 두부와 줄곤약, 그리고 파를 넉넉하게 썰어 깊은 냄비에 담고 자작자작 조리면 그만이다. 냄비에서 짭짜름한 냄새기 오르기 시삭하사 물을 약불로 줄여놓고, 옆에서 가지와 명하 된장국을 끓인다. 장아찌는 오이로 꺼내놓았다. 여기까지는 아주 순조로웠다.

리드미컬한 흐름이 정체된 것은 백화점 지하에서 산 샐러드가 담긴 플라스틱 용기를 열었을 때였다. 반달 모양으로 썬 순무와 한입 크기로 썬 셀러리. 처음 그것을 본 순간 뭐라 표현하기 어려운 위화감이 기요미를 덮쳤다.

이상하다. 뭔가 이상하다. 시각이, 후각이, 주부의 감각이 그렇게 외치고 있었다.

자세히 들여다본 후에 알았다. 순무가 순무 같지 않았다.

같지 않다?

아니, 얼핏 보기에는 틀림없는 순무였다. 틀림없이 하얗고 활처럼 호를 그리고 있기도 했다. 그런데 순무치고는 지나치게 투명하고 순무 특유의 매끄러운 질감도 없다. 까끌까끌하고 거친 인상이다.

음, 이건 오히려, 그래, 이건 무와 비슷하다. 한번 그렇게 생각하고 나자 기요미 눈에는 그것이 무로밖에 보이지 않았다.

아니, 그러나, 설마. 백화점 지하 식품부의, 그런대로 이름이 알려진 유서 깊은 가게에서 '순무와 셀러리와 다시마 샐러드'에 순무가 아니라 무를 넣어 팔았다고?

있을 수 없는 일이다. 그렇게 생각하면서도 혹시나 하는 생각에 반달 모양 조각 하나를 입에 넣었다.

우선 입안에 퍼진 맛은 다시마의 짠맛과 화학조미료의 인공적인 단맛이었다. 그 자극이 사라지기를 기다렸다가 천천히 씹어보았다. 그리고 확신했다. 이건 틀림없는 무다, 하고.

"……말도 안 돼."

또 혹시나 해서 다시 한 조각을 신중하게 맛보았지만, 그 식감이며 맛이며 역시 무였다. 섬유질이 씹히는 특유의 질감, 담백하면서도 쌉싸래한 맛이 정확하게 코끝을 스쳤다. 혀에 휘감기는 순무의 매끄러움은 어디에도 없었다.

기요미는 혼란스러웠다. 혹시 착각하고 있는 건가 싶어 영수증을 살펴보았지만, 거기에는 역시 '순무와 셀러리와 다시마 샐러드'라고 찍혀 있었다.

틀림없다. 이건 순무 샐러드가 맞다. 그런데 순무는 그림자도 없다. 그 대신 순무보다 값싼 무가 셀러리와 다시마와 어우러져 있다.

속임수. 불온한 세 글자가 뇌리에 오락가락했다. 그 샐러드 가게가 손님을 속인 것일까. 나는 그것도 모르고 보기 좋게 걸려든 것일까. 그런 의심이 증폭되는 한편, 무슨 착오가 아닐까 하는 생각도 지울 수 없었다. 가령 속이려 했다 쳐도 그렇다. 순무를 무로 바꿔치기하다니, 너무 단순해서 금방 들통난다.

흰다리새우를 보리새우라고 하는 것과는 차원이 다르다.

진상을 규명할 수 있는 길은 딱 한 가지. 이런 의심을 품은 채 밥을 먹고 싶지도 않고, 우물쭈물하는 시간도 아까워 기요미는 곧바로 행동에 들어갔다. 영수증에 있는 백화점 종합 안내 번호로 전화를 걸어 '베지 & 헬스'로 연결해달라고 부탁했다.

"아, 저, 한두 시간 전에 지하 식품부에서 반찬을 산 하야쓰키라고 하는데요, 구입한 샐러드에 대해서 문의할 게 있어서요……."

"잠시 기다려주세요."

안내원의 목소리와 함께 수화기에서 띠롱때롱 하는 멜로디가 흘러나왔는데, 아무리 기다려도 그 소리는 끝나지 않았다.

"오래 기다리시게 해서 죄송합니다."

몇 분 후 겨우 들린 목소리는 또 안내원이었다.

"정말 죄송한데요, 지금 매장이 몹시 바빠서 책임자도 손님을 상대하고 있다고 합니다. 죄송하지만, 틈이 나는 대로 이쪽에서 전화를 드려도 괜찮을까요?"

벽시계를 보니 저녁 6시 50분. 아닌 게 아니라 반찬 코너는 각 매장마다 5퍼센트 할인, 10퍼센트 할인 경쟁이 절정일 시간이다. 할 수 없이 기요미는 배가 고픈 걸 참으면서 매장 책임자에게서 전화가 오기를 기다렸다.

간신히 전화벨이 울린 시간은 그로부터 약 30분 후, 7시 20분이 지나서였다.

"'베지 & 헬스' 신주쿠점 담당자 후지키입니다만, 무슨 일이시죠?"

첫마디부터 퉁명스러웠다. 오래 기다리게 해서 미안하다는 사과는커녕, 이렇게 바쁜 시간에 웬 전화냐는 식으로 화풀이를 하는 느낌마저 들었다.

그쪽에서 먼저 선수를 치고 나오자 당황스러웠지만, 그렇다고 기가 죽을 수는 없지, 하고 기요미는 수화기를 잡은 손에 힘을 주었다. 목소리로 보아 상대방은 젊은 남자다. 손님을 상대하는 매너조차 갖추지 못했는데 매장의 상황 때문에 승진한 이삼십대의 신참일 것이다.

"저 말이죠, 그 가게에서 산 '순무와 셀러리와 다시마 샐러드'에 순무가 아니라 무가 들어 있던데, 이거, 어떻게 된 거죠? 식재료 표시…… 아니, 그전에 샐러드 이름부터 문제가 있지 않나요?"

상대에게 질세라 강경하게 나갔다.

그런데 돌아온 것은 긴 침묵, 그리고 이어 씩씩거리는 분노의 콧바람이었다.

"설마요, 그럴 리가 없죠."

후지키는 절대 그럴 리 없다는 식으로 부정했다.

"순무 샐러드에 들어간 것은 순무입니다. 무일 리가 없죠."

"하지만 무가 틀림없어요. 그쪽에서 산 순무 샐러드에 무가 들어 있었다고요."

"순무가 맞습니다. 순무 샐러드에 들어간 것은 순무예요."

"그럼 왜 무 맛이 나는 거죠?"

"왜냐고요? 글쎄 그건 손님 쪽 미각의 문제가 아닐까요."

드디어 나쁜 남자 본색을 드러낸다.

"내 혀가 이상하다는 말인가요?"

"미각은 저마다 다르겠지만, 아무튼 우리 가게에서 순무로 사용하는 것은 무가 아니라 순무입니다. 무라면 무 샐러드라고 이름을 붙였겠죠."

"그런데 말이죠. 내가 산 순무 샐러드는 무 맛이 난다고요."

"맛이 어떻든 순무 샐러드에는 순무가 들어 있습니다."

"아니죠. 무 맛이 나는 건 무가 들어 있기 때문이죠."

뻔하디뻔한 대답. 진전 없는 대화가 오간 후 후지키는 들으란 듯이 한숨을 쉬었다.

"그렇게까지 말씀하신다면 어디 한번 증명해보시죠. 우리 가게에서 판 순무 샐러드에 든 것이 무라는 것을 말입니다."

"증명?"

"할 수 있나요?"

"저 말이죠……."

머리가 어떻게 될 것 같았다. 그러나 여기서 상대의 페이스에 휘말려서는 안 된다. 침착하자, 하고 기요미는 속으로 중얼거렸다. 어떤 상황에서도 중요한 것은 침착함이다. 액션 영화에서도 정신을 차리지 못하고 야단법석을 떤 인질이 가장 먼저 살해당한다.

"이 샐러드를 제조한 것도 판매한 것도 그쪽 회사입니다. 나는 소비자로 그걸 샀고요. 그 상품에 의문이 있어서 전화를 걸었어요. 내가 그 샐러드에 순무가 아니라 무가 들었다는 것을 증명하기 전에, 우선 그쪽이 순무라는 것을 증명하는 게 도리가 아닌가요?"

기업 책임. 그 의식이 환기되기를 기대하면서 따졌지만, 후지키는 "도리라……" 하면서 여전히 퉁명스러웠다.

"그럼 한 가지 묻겠는데, 대체 어떻게 증명하면 만족하시겠습니까? 순무의 반입 가격이 적힌 영수증이라도 보이면 납득하시겠습니까?"

기요미를 악질적인 클레이머로 단정하는 태도였다. 그 흔들림 없고 회의적인 태도에 비로소 기요미의 가슴에 불안한 그림자가 어렸다. 어째 후지키는 정말 그 뿌리채소를 순무로 믿고 있는 듯하다. 손님에게 무례하기 짝이 없는 대응이기는 하나, 뭔가를 얼버무리거나 무마하려는 기색은 없다.

'순무와 셀러리와 다시마 샐러드' 앞에는 신상품이라는 팻

말이 세워져 있었다. 그 생각이 떠오른 기요미는 약간 방법을 바꿔보기로 했다.

"나도 한 가지 묻겠어요."

"뭐죠?"

"매장에서 일하는 분들이 새로운 상품을 출시할 때마다 매번 맛을 보나요?"

"그건, 음, 그게……."

후지키는 대답이 안 되는 대답을 했다.

"그건 경우에 따라 좀 다른데요."

이 남자는 '순무와 셀러리와 다시마 샐러드'를 시식하지 않았다. 그렇게 확신한 기요미는 그다음 일격에 나섰다.

"그럼 확인하는 차원에서 먹어봐줄 수 있을까요?"

"네? 뭘?"

"그쪽이 순무라고 생각하는 것을요."

후지키의 침묵을 받아치듯 기요미는 강경하게 밀고 나갔다.

"반입 물품의 영수증은 됐으니까 일단 한번 먹어보세요. 그쪽의 혀로 확인해보라고요. 그런 다음에도 그쪽이 순무라고 한다면 더는 문제 삼지 않겠어요."

미각 장애의 한 원인이 되는 정크 푸드와 첨가물이 넘쳐나는 세상이다. 순무와 무를 구별하지 못하는 젊은이가 있다 해도 이상한 일은 아니다. 그렇게 생각하면서도 기요미는 후지키에게 먹어보라고 재차 다그쳤다. 무례하기는 해도 속임수는 모르는 듯한 이 남자의 혀에 걸어보고 싶었다.

"네네, 알겠습니다."

끈질기게 물고 늘어진 덕분에 수긍을 받아낸 꼴이었다.

"제가 먹어봤는데 순무가 맞다고 하면, 그러면 만족하겠다는 말입니까. 그렇다면 먹어보죠. 다만 지금은 매장이 아직 붐비는 탓에 점원들이 바쁘게 일하고 있습니다. 저 혼자 한가하게 반찬을 집어 먹을 수는 없으니, 나중에 손님이 좀 빠지고 나서 순무를 먹어보고 순무였습니다, 하고 보고 드리죠. 그럼 되겠습니까?"

또 기다려야 한다는 거야. 속으로 투덜거리면서도 기요미가 그러겠다고 한 것은 수화기 저편에서 흘러나오는 시끌시끌한 소리로 매장이 정말 바쁘다는 것을 알 수 있었기 때문이다.

"그럼 보고를 기다리고 있을게요."

과연 정말 보고를 해줄까. 후지키는 정말 시식해볼 마음이 있을까.

기요미는 미심쩍어하면서도 수화기를 제자리에 내려놓았다.

불길한 예감은 적중했다.

7시 40분, 50분, 8시.

시간이 참 느리게 간다. 배는 고픈데 입에 뭘 넣기도 내키지 않았다. 텔레비전 소리도 귀에 들어오지 않고, 잡지를 펼쳐도 글자가 눈에 들어오지 않는다. 순무와 무 문제가 결론이 나기 전에는 아무것도 손에 잡힐 것 같지 않았다.

후지키의 연락을 기다리는 동안 기요미는 한곳에 가만히 있지 못하고 거실의 온기가 미치지 않는 부엌에서 서성거렸다. 싱크대 위에는 '순무와 셀러리와 다시마 샐러드'가 용기째 그대로 방치되어 있다. 여전히 정체를 알 수 없는 반달 모양의 뿌리채소. 정체불명의 물체가 하나 들어왔을 뿐인데, 공간 전체에 수상한 안개가 자욱하게 고여 만물의 윤곽을 위태롭게 하는 것처럼 불안하다. 일상의 토대를 지키는 부엌. 그 중요한 요새가 위협당하고 있는 것처럼.

과연 자신의 혀는 어느 정도의 무기가 될 수 있을까. 기요미가 가만있지 못하는 이유 중 하나는 그것이었다. 몇 분마다 용기에 손을 뻗어 무 맛이 나는 뿌리채소를 아작아작 씹지 않을 수 없는 것도 그 때문이다. 전부 먹어버리면 증거가 남지 않으니 아주 조금씩. 가령 몇 밀리미터짜리 조각이라도 무는 어디까지나 무이다. 색과 모양이 비슷할 뿐 그 맛은 사과와 감만큼이나 동떨어져 있다.

그러나 만에 하나 자신의 혀나 코에 어떤 장애가 발생한 것이라면?

불현듯 자신감이 흔들릴 때마다 기요미는 자신이 '속아 넘어간 소비자'와 '형편없는 클레이머' 사이에서 위태로운 줄타기를 하고 있다는 것을 자각하고 소름이 쫙 끼쳤다.

이런 때 이건 틀림없는 무라고 인정하고 같이 주장해주는 사람이 옆에 있다면. 부엌에서는 지원군을 청해본 적 없는 기요미도 오늘 저녁만큼은 그렇게 바라지 않을 수 없었다.

예를 들면 남편 노부유키. 외식을 반기지 않는 그는 중간관리직으로 승진하지 않았다면, 오늘도 곧바로 집에 돌아와 같이 저녁을 먹었을 것이다. 무슨 반찬을 차려주든 맛있다는 말도 맛없다는 말도 하지 않는 과묵한 사람이지만, 무를 무라고 인정하는 정도는 해줄 수 있을 것이다.

"이거 무 맞지?"

"그럼, 무 맞지."

"순무 아니지?"

"순무일 리가 있나."

그렇게 두 마디만 해줘도 얼마나 큰 위안이 될까.

예를 들면 아들 아쓰히코. 쫓기듯이 일본을 떠나 먼 나라를 전전하는 처지에 놓이지 않았더라면, 그는 앞으로도 몇 년은 엄마 옆에 있어주었을 것이다. 지금도 전화를 걸어 엄마 음식이 그립다고 어리광을 피운다. 때로 스카이프로 얼굴을 보며 얘기하기도 한다. 그러나 컴퓨터 화면 저 너머에서 샐러드 맛을 볼 수는 없다.

미즈에다면. 문득 한 얼굴이 떠올랐다. 대학 시절부터 친하게 지내온 오랜 친구다. 지금도 이웃 동네에 살고 있는 미즈에. 부담 없이 서로 집을 오가는 사이인 그녀라면. 충동적으로 스마트폰에 손을 뻗었다가, 아니지, 아니야, 하고 기요미는 공중에서 손을 딱 멈췄다. 미즈에는 요즘 우울증 때문에 병원에 다니고 있다고 했다. 얼마 전에 동생을 저세상으로 보낸 그녀를 샐러드 따위로 번거롭게 할 수는 없다.

결국 혼자 헤쳐나가는 수밖에 없다. 머리를 굴리고 굴린 끝에 기요미는 그 엄연하고 허망한 현실과 마주했다. 오십 줄의 여자가 백마 타고 달려오는 지원군을 기대해서는 안 된다. 지금까지 착실하게 쌓아온 경험치가 무기의 전부다.

부족하든 어떻든 주부 경력 30년. 그 긍지와 오기가 텅 빈 배 속에서 들끓는다. 그렇다, 지금까지 공연히 내 손으로 직접 만든 음식을 고집해온 게 아니다. 감기에 걸려 열이 펄펄 끓는 날에도, 자궁근종으로 수술을 받고 난 밤에도, 내가 안 하면 누가 하랴 하고 휘청거리는 몸으로 부엌에 섰다. 내 이 두 손으로 가족의 먹을거리를 지켜왔다. 그런 이 기요미가 순무와 무도 구별 못할 리가 없지 않은가.

주부를 우습게 보면 안 되지. 냄비 안에서 바글바글 끓는 찌개처럼 기요미는 투지가 불타올랐다. 순무와의 인연으로 보자면 후지키 같은 애송이에게 절대 뒤지지 않는다. 지금까지 얼마나 많은 순무 요리를 이 두 손으로 만들어왔던가.

　닭고기 다짐육에 조린 순무, 순무 포타주, 크림에 조린 순무와 굴, 순무와 닭고기 튀김 강정, 순무 장아찌, 순무 산초맛 절임, 순무채 초절임, 순무와 무청 죽, 순무와 양배추와 직접 만든 소시지로 만든 프랑스식 찜, 순무와 흰살 생선 조림, 순무와 유채 달걀찜, 새우 경단과 순무 찜, 통순무 간장 조림, 순무와 파마산 치즈 리소토, 순무와 바지락 밥, 순무 버터 간장 구이, 순무와 버섯 샐러드, 찐 순무 바냐 카우다, 순무와 다짐육 찜, 순무와 베이컨 크림 파스타, 순무와 젓갈 파스타, 순무와 느타리버섯 명란 파스타, 간 무와 간장으로 맛을 낸 순무와 닭 튀김, 순무청과 지리멸 유부 초밥, 순무 매실 장아찌 버무림, 순무 깨무침, 순무와 닭 볶음, 순무와 돼지고기 수육 볶음밥, 순무 오일 찜, 순무와 옥수수 크림소스 조림, 중국식 순무와 두부 조림, 순무와 가리비 조개 화이트 와인 조림, 순무 김말이 구이, 순무와 대합 맑은 장국, 순무와 방어 조림, 순무와 돼지갈비 스튜, 순무와 시금치와 연어 그라탱, 순무와 아귀 간 타파스, 순무와 흰살 생선 아쿠아파차, 순무와 글루텐 흰 된장 죽, 설 요리용 순무 국화 모양 초절임, 순무와 날치알 무침, 순무 구이, 순무와 재첩 찜, 순무와 닭 다짐육 물만두, 순무와 마늘종과 소갈비살 굴소스 볶음, 순무 검은 초절임, 순무 짠지, 순무 피클, 순무와 게살 조림, 순무와 두부조림, 순무와 참

치의 가소 샐러드, 슈무와 자차이 샐러드, 순무와 오이 레몬 소스 샐러드, 순무 맛된장 구이, 순무와 표고버섯 조림, 타르타르소스로 맛을 낸 순무 튀김, 순무와 껍질콩 검은 후추 소테, 순무와 닭날개 고추장 볶음, 순무와 잔새우 지짐, 순무와 카망베르 치즈 크로켓, 순무와 명란 버무림, 순무와 달걀죽, 순무와 문어 토마토소스 조림, 순무와 브로콜리 카레 미트 그라탱, 순무 카르파초, 버섯 소스 순무 스테이크, 순무와 닭날개 조림, 순무청과 뱅어 달걀말이, 순무와 돼지고기와 당면탕, 순무와 달걀국, 순무 튀김, 순무 피자, 순무 고추냉이 버무림, 순무 샤부샤부.

아직도 한참 더 있다. 얼마든지 나열할 수 있다. 무에 대해서는 말할 것도 없다. 이것의 몇 배는 열거할 수 있을 것이다. 마음만 먹으면 천 가지도 쉽게 넘을 수 있는 내가, 시판되는 샐러드에 든 순무를 순무가 아니라고 단정했다. 생김새, 식감, 향, 목 넘김, 뒷맛, 모든 것에 있어서 무라고 확인했다. 새파란 반찬 매장 담당자가 뭘 알랴.

기요미의 콧바람이 거칠어졌을 때, 거대한 냉장고 너머에서 겨우 전화벨이 울리기 시작했다.

시계를 보니 8시 15분. 조급해지는 마음을 억누르고, 기요미는 소리가 나는 곳으로 다가간다. 심호흡을 한 번 해서 몸에 불필요한 힘을 빼고, 싸늘하게 식은 손으로 수화기를 든다.

"오래 기다리시게 해서 정말 죄송합니다."

수화기에서 흘러나오는 정중한 목소리는 후지키의 목소리가
아니었다.

○○백화점 지하 식품부 반찬 코너의 주임을 맡고 있는 기타
자토라고 합니다. 우리 백화점을 이용해주셔서 감사합니다. 또
한 이번에 구매하신 상품 때문에 하야쓰키 고객님에게 상당
한 불편을 끼쳐드려 뭐라 죄송하다는 말씀을 드려야 할지 모
르겠습니다.

네, 아…… 후지키요? 죄송합니다만 매장 담당자는 현재 도
저히 자리를 뜰 수 없는 상황이라서, 실례라는 걸 알면서도 제
가 대신……. 네, 실은 말이죠, 오늘은 매장에 일손이 부족한
데다 폐점 시간이 임박해 손님이 많이 몰린 것 같아요. ……네,
네, 물론 그렇습니다. 나중에 후지키 본인도 직접 연락을 드릴
테지만 우선은 제가 설명을.

고객님께서 구매하신 '순무와 셀러리와 다시마 샐러드' 말씀
인데요……. 이 샐러드는 오늘 처음으로 '베지 & 헬스'에서 시
판한 신상품입니다. 그래서 있어서는 안 될 일이지만, 해당 매
장의 스태프와 '베지 & 헬스' 본사 사이에 어떤 착오가 있었
던 것 같아요.

오늘 담당자 후지키로부터, 그러니까…… 고객님께서 지적

한 사항에 대한 보고를 받고 당장 조사에 들어간 결과, 정말 죄송하지만 차마 뭐라 말씀드리기에 면목 없는 일이 발견되었습니다.

……아니, 아닙니다, 속임수라니요, 그런 일은 절대 없습니다. '순무와 셀러리와 다시마 샐러드'에 순무가 사용된 것은 거짓 없는 사실이에요. 네, 사실입니다. 다만 무도 사용되었습니다. 네, 무도, 그렇습니다.

……그렇습니다. 문제는 그 비율인데요……. '베지 & 헬스' 본사 말이 그 신상품은 120그램의 순무에 대해 250그램의 무를 재료로 사용했다고 합니다.

……네, 네, 그렇습니다. 정말 부끄러운 일입니다만, 순무의 배가 넘는 무를 샐러드의 재료로 사용했다고 하네요.

……네, 네, 네, 옳은 말씀입니다. 그렇다면 상품 이름을 '무와 셀러리와 다시마 샐러드'라고 해야 맞지요. 또는 '무와 순무와 셀러리와 다시마 샐러드'라고 해야 하지요. 저희들의 관리가 부족한 탓에 고객님의 신뢰를 잃어 뭐라 드릴 말씀이 없습니다.

'베지 & 헬스' 본사 측에서는 매장 스태프에게 시판에 앞서 순무와 무의 비율을 균등하게 하라는 지시를 내렸다고 합니다만 전달이 제대로 되지 않아 매장 스태프들은 인지하지 못했다고 합니다. 결과적으로 고객님이 구매하신 샐러드에는 순무가 한 조각도 들어 있지 않은 사태가 발생한 것입니다. 정말 면목 없습니다. 진심으로 사과드립니다. 또 본사와 협의한 결과, '순무와 셀러리와 다시마 샐러드'는 오늘로 판매를 종료하게 되었습니다.

……네, 오늘이 발매 첫날이었지만, 이제 와서 분량을 시정하거나 이름을 바꾸는 것만으로는……. 네, 네, 물론 책임은 무겁게 받아들이고 있습니다. 이번 불상사에 대해서는 '베지 & 헬스' 본사와 저희 모두가 깊이 반성하고, 앞으로는 두 번 다시 이런 사례가 발생하지 않도록 총력을 기울여 관리 체제를 강화하는 데 힘쓰도록 하겠습니다.

다시 말씀드리지만, 고객님께 크게 불편을 끼쳐드려 정말 죄송합니다. 머리 숙여 사과드립니다. 그럼 이만 실례하겠습니다. 죄송합니다…….

"저, 저기요, 잠깐만요!"

클레임 처리 전문가의 얼음 위를 미끄러지듯 매끄러운 혀놀림에 압도된 기요미는, 기타자토 주임이 일방적으로 얘기를 끝내려 할 때서야 겨우 정신을 차렸다.

"사정은 알겠어요. 하지만……."

이성적으로 이해하는 것과 심정적으로 수긍하는 것은 전혀 별개의 문제다.

기요미가 산 '순무와 셀러리와 다시마 샐러드'에 왜 무가 들어 있었나. 그 수수께끼는 풀렸다. 120그램의 순무에 250그램의 무. 그런 비율이 있을 수 있느냐 하는 문제는 둘째치고 언제나 생길 수 있는 사소한 불찰이라고는 생각한다. 정의니 기업 윤리니 하는 거창한 말을 늘어놓을 생각은 없다.

그러나 '정말 죄송합니다'를 연발하는 사람에게 '네, 알겠습니다' 하고 대응해서 흘려버리기에는, 기요미가 오늘 밤 순무와 무에 지나치게 우롱당했다. "이거 무 맞지?" "그럼, 무 맞지." 그렇게 맞장구를 쳐주는 사람 하나 없는 고독을 견디고, 자신감과 불안감 사이를 오락가락하면서 전화를 기다렸다. 그 시간은 어떻게 할 것인가. 사람을 정신 나간 클레이머 취급한 후지키는 어디로 사라진 것인가.

"저, 설명은 잘 알아들었어요. 그런데 왜…… 주임이라는 사람이 전화를 건 거죠?"

"네?"

"나는 담당자의 연락을 줄곧 기다리고 있었어요. 샐러드에 든 순무를 먹어보고 그 결과를 보고하겠다고 했거든요."

"아, 네. 후지키가 틀림없이 먹어봤을 거예요. 샐러드 재료가 아무래도 이상하다는 보고가 저희 쪽으로 들어왔으니까요."

"그런데 그 보고를 나는……."

"그러니까 그게……."

기타자토 주임의 목소리에서 처음으로 짜증이 배어 나왔다.

"아까도 말씀드렸지만, 오늘은 매장에 일손이 부족해서 후지키는 지금도 꼼짝 못하는 상황입니다. 그래서 제가 반찬 코너 책임자로서 대신해서 설명을 드린 겁니다."

"순무가 무였다고요……."

"네?"

"먹어보니까 역시 무였다고, 그 한마디를 전할 수 없을 만큼 후지키 씨가 바쁜 건가요?"

쉴 새 없이 놀리던 혀의 움직임을 멈추고, 수화기 저편에서 기타자토 주임이 침묵했다. 대신 콧바람 소리인지 한숨 소리인지 모를 소리가 기요미의 귀를 서늘하게 했다.

"알겠습니다. 후지키에게 나중에 반드시 사과 전화를 올리라고 하겠습니다. 약속하죠."

"아니요, 사과가 아니라 보고를……."

"그리고 고객님이 구매하신 샐러드 대금은 책임지고 반환해 드리도록 하겠습니다."

"뭐라고요?"

"100그램에 330엔 하는 샐러드, 150그램 맞죠? 신속하게 반품 절차를 밟겠습니다. 은행 계좌 번호를 가르쳐주시죠."

그 말투는 은근하면서도 위압적이었다. 그럼 되겠지? 그게 목적 아닌가? 그렇게 깔보는 듯한 느낌에, 수화기를 잡은 기요미의 손이 얼어붙었다. 이 전화를 받았을 때부터 느꼈던 위화

감의 정체를 이제야 알 것 같았다. 결국 기타자토에게 기요미는 100그램에 330엔 하는 샐러드를 150그램 구매한 손님에 지나지 않는 것이다. 그녀가 그린 하야쓰키 기요미라는 고객의 이미지에는 518엔이라는 가격표가 붙어 있을 것이다. 만약 상대가 100만 엔짜리 보석을 산 고객이라면, 그녀는 절대 '반품 절차를 밟을 테니 계좌 번호를 가르쳐달라' 따위의 말은 하지 않았을 것이다.

"돈은 상관없어요."

순무와 무를 구별하는 것처럼 기요미는 가슴속에서 용트림하는 모욕감을 음미하고는, 자신의 마음이 원하는 것을 말했다.

"나는 돈을 돌려달라는 것도 사죄를 하라는 것도 아니에요. 다만…… 오늘 저녁 반찬으로 '순무와 셀러리와 다시마 샐러드'를 먹고 싶을 뿐이라고요. 그러니까 어떻게든 먹게 해줘요."

"네?"

"순무가 들어간 '순무와 셀러리와 다시마 샐러드'를 오늘 안에 배달해줄 수 있을까요?"

"댁으로요?"

"네. 가능하면 담당자인 후지키 씨와 함께. 책임을 진다는 건 그런 게 아니겠어요?"

직장에서든 가정에서든 자신이 한발 물러나서 수습되는 일이라면 두말 않고 뒤로 물러났다. 참는 것에는 익숙하다. 그러나 오늘 밤만큼은 한발도 물러나고 싶지 않았다. 그것이 기요미의 절실한 마음의 소리였다.

원군 하나 없는 오십대 여자의 전투에서 이것이 마지막이며 가장 중요한 국면이다. 클레이머의 본색을 드러낸다고 봐도 좋다. 기껏해야 518엔짜리 손님이 참 크게도 나온다고 직원 식당에서 수군거려도 상관없다. 다만 산 음식은 반드시 먹는다.

"그럼 오실 때까지 기다리고 있겠어요."

기요미의 딱 부러지는 말투에 기타자토 주임은 침을 꿀꺽 삼켰다.

부슬부슬 비가 내리고 있다는 건 알고 있었다. 몇 년 전에 남편을 구슬려 새로 만든 부엌 퇴창에 자잘한 빗방울이 맺혀 있었다. 그런데 언제부터 눈으로 변한 것일까.

"늦게 찾아뵙게 되어 죄송합니다."

샐러드가 도착하기를 기다린 지 약 50분. 간신히 울린 인터폰에 바로 내려가겠다고 응답하고 아파트의 공동 현관까지 내려간 기요미는 자동 유리문 밖에서 깃털처럼 날리는 눈을 보고 깜짝 놀랐다.

이어 기타자토 주임인 듯한 여자 옆에 후지키인 듯한 젊은 남자가 서 있어서 또 놀랐다.

후지키가 성낼 온 것이었다. 일그러진 표정으로 바닥 타일만 내려다볼 뿐 기요미 쪽은 조금도 보려 하지 않았지만.

"이번 불상사는 뭐라 사과드릴 말씀이 없습니다. 변명이 되겠지만, 이 같은 일은 저희 백화점에서 전례가 없는 경우라서 만족스럽게 대응하지 못해 면목이 없을 따름이네요⋯⋯."

마른 몸에 소탈한 회색 코트를 입은 기타자토 주임은 기요미를 '518엔짜리 고객'에서 '518엔짜리치고는 귀찮은 손님'으로 재인식한 듯했다. 통화하면서 잘못 대응했다는 자각도 있는지, 이제부터가 전문가의 면목을 일신할 기회라는 듯이 유창하게 사과의 말을 이어갔다. 전화 목소리로는 마흔 살 전후로 상상했는데, 실제로 보니 쉰 살은 넘을 듯했다. 엄마가 돌아오기를 기다리는 어린아이가 있을 나이는 아니라고 판단한 기요미는 남몰래 안도의 한숨을 쉬었다.

반대로 후지키는 상상했던 것보다 젊고 얼굴도 의외로 어려 보였다. 기껏해야 이십대 중반일까. 카키색 밀리터리 재킷에 검은 청바지를 받쳐 입은 차림도 요즘 젊은이들과 다르지 않아, 기타자토 주임 옆에 서 있으니 모자지간처럼 보인다. 엄마 손에 끌려 사과하러 온 사내아이처럼 눈을 찡그리고 마냥 서 있다.

그는 왜 얼굴을 들지 않을까. 왜 아무 말도 하지 않을까. 기가 죽은 것일까. 속이 뒤틀려 있는 것일까.

갑자기 피로가 몰려와, 아무렴 어때, 하고 기요미는 그만 생각하기로 했다. 아무튼 지금 그의 갈색 머리 위로 눈발이 흩날리고 있다. 그들이 도착하기까지 50분 동안 여기까지 찾아온 두 사람을 더 이상 다그칠 마음이 없어질 정도로 기요미는 냉정을 되찾았다.

오늘 하루 동안 대체 몇 사람에게 그 샐러드를 팔았을까. 그 생각을 하면 지금도 기분이 복잡하다. 순무의 정체에 의심을 품은 사람이 꽤 있었을 것이다. 그러나 지금까지의 추이로 보아 기요미 외에는 클레임이 들어온 것 같지 않다. 모두들 억울해하면서도 잠자리에 들었을까. 억울해할 일은 아니라고 판단하고 관대하게 넘어갔을까. 확인하고 추궁하는 것조차 귀찮았던 것일까. 순무가 아니라 자신의 미각을 의심했을까. 설마 무를 무라고 할 수 없을 만큼 모든 사람의 마음이 위축된 것은 아닐까.

어찌 되었든 기요미와 마찬가지로 의심을 품은 채 오늘 하루를 끝낼 사람들을 생각하면, 그 샐러드를 판매 중지하는 것으로 사태를 무마하려 하는 매장 측의 처사는 역시 '진정한 성의'라고 할 수 없다.

그렇지만, 하고 기요미는 생각한다. 그 처사를 결정한 것도, 120그램의 순무에 250그램의 무를 섞기로 결정한 것도, 지금 여기 서 있는 두 사람이 아니라는 건 분명하다. 결정권을 쥔 사람들은 시금쯤 집에 돌아가 느긋하게 욕조에 몸을 담그고 있거나 밤거리에서 흥청망청하고 있을지도 모른다.

"이제 됐어요. 순무 샐러드만 먹을 수 있으면."

기요미가 사죄의 거장답게 줄기차게 사과하는 그녀를 향해 브레이크를 걸자, 기타자토 주임은 오래도록 내리깔고 있던 눈을 수평으로 올려 뜨고 공손하게 백화점 쇼핑백을 내밀었다.

"여기, 순무가 들어 있는 걸 저희가 직접 확인한 '순무와 셀러리와 다시마 샐러드'입니다."

덩달아 기요미도 공손하게 받는다. 샐러드가 든 백화점 쇼핑백이 150그램이라 하기에는 다소 무거운 걸로 보아 200그램은 족히 들어 있지 싶었다.

"수고하셨어요."

"거듭 죄송하다는 말씀 드립니다."

순무 샐러드를 무사히 건네고 받고 나자 피차 볼일이 없었다. 전문가의 임무를 다한 기타자토 주임이, 임무 완료, 이제 철수, 하는 식으로 뒤로 물러섰다. 후지키도 그 뒤를 따르나 싶었는데, 아직도 머리를 숙인 채 꼼짝하지 않는다.

"자, 갑시다."

기타자토 주임이 채근하자 후지키가 간신히 얼굴을 들었다. 그 눈이 처음으로 기요미를 쳐다보았다.

"보고가……."

눈만 껌벅거리는 그를 보는 순간 기요미는 직감했다. 그는 기가 죽은 게 아니었다. 속이 뒤틀린 것도 아니었다. 수치스러워하고 있었다.

"보고가 늦어서 죄송합니다. 변명이 되겠지만, 오늘 오후에 나와야 하는 아르바이트생이 갑자기 연락이 닿지 않아서 무슨 일이 있는지 걱정이 되는 데다, 매장에 일손이 부족해서 난리법석이었고, 그래서 그……."

순무 따위에 신경 쓸 겨를이 없었다. 그 한마디가 목에 걸려 후지키가 입술을 비죽거리고 있다. 마음의 여유가 없지만 않았다면 의외로 착한 청년이었을지도 모른다. 기요미의 어깨에서 힘이 쭉 빠지는 동시에 배에서 꾸르륵 하는 소리가 났다.

"순무, 먹어봤나요?"

어색함을 숨기려 묻자 후지키는 몸을 움찔움찔 흔들었다.

"먹어봤습니다. 순무더군요."

"네?"

"그런데 두 번째 먹은 조각은 무였습니다. 세 번째도, 네 번째도 무였습니다. 너무 충격적이어서 뱉어내고 말았습니다."

후지키는 씁쓸한 표정을 지으며 재킷 소매에 입가를 닦았다.

"의심해서 죄송합니다."

이겼다고는 이미 생각지 않았다. 다만 오늘 밤의 고군분투는 보상을 받았다. 수화기를 계속 들고 있었던 오른손의 뻐근

함이 풀리는 것을 느끼면서 기요미는 조그맣게 미소 지었다.

"두 번째 조각도 먹어봐줘서 고마워요."

후지키가 또 눈을 분주하게 껌벅거렸다. 말이 막힌 그의 어깨너머에서 기타자토 주임이 또 떠벌리기 시작했다.

"정말 두 번 다시 이런 불상사가 발생하지 않도록 관리 체제를 강화하고, 만전의 태세로……"

그 말을 가로막고 후지키가 말했다.

"저…… 앞으로는 무슨 일이 있어도 신상품을 전부 제 입으로 시식하겠습니다. 본사 사람들도, 관리부 사람들도 믿지 않겠습니다. 반드시 제 입으로 먹어보겠습니다."

굵직한 목소리로 선언하고, 반듯하고 기운차게 인사를 하더니 몸을 오른쪽으로 돌려 성큼성큼 내걷는다. 자동 유리문을 지나 함박눈이 날리는 거리로 사라지는 그 뒷모습을, 기타자토 주임이 종종거리며 쫓아간다. 하얀 점에 가려져가는 두 사람의 뒷모습을 지켜보자니, 오른손에 든 쇼핑백이 점점 더 무거워지는 것 같아 두 손으로 들고 가슴에 안았다.

자정이 지나 돌아온 남편 노부유키는 식탁에 평소보다 반찬 접시가 많은 걸 금방 알아차린 눈치였다. 보통 네 가지인데, 오늘은 다섯 가지. 그것도 두 접시에는 그냥 봐서는 조금도 다르지 않은 샐러드가 담겨 있다.

"이쪽이 '순무와 셀러리와 다시마 샐러드'."

그리고 남편이 눈빛으로 설명을 요구해, 기요미는 다른 한쪽을 가리켰다.

"그리고 이쪽은 '무와 셀러리와 다시마 샐러드'."

설명이 부족하다 하려나 싶어 준비하고 있는데, 노부유키는 이상하다는 듯이 눈썹만 찡그릴 뿐이었다. 비슷한 샐러드가 두 접시나 있는 이유도, 거기에 숨겨진 배경도 굳이 물어볼 만큼의 관심은 없어 보인다. 괜히 들쑤셨다가 골치 아픈 얘기가 장황하게 이어질 듯한 감이 작동했는지도 모른다.

남자란 어차피 그렇다. 두 가지 샐러드보다는 고기 두부조림에 관심을 보이는 남편 앞에서 기요미는 절실하게 생각한다. 매일매일, 식탁에 차려진 것을 그저 입에 넣을 뿐. 그것들이 차려지기까지의 과정은 조금도 생각하지 않는다. 남기지 않고 먹어주기만 해도 남편 합격이라고 멋대로 허들을 낮추고는.

"어 참, 오늘 신주쿠와 이케부쿠로에서 또 총기 발사 사건이 일어난 모양이던데."

힐금힐금 쳐다봐서 불편했는지 노부유키가 무거운 입을 열었다.

"당신, 신주쿠에서 별일 없었어?"

"별일 없기는. 역에 사람이 얼마나 많던지 죽는 줄 알았어."

"체포된 사람이 있다던데."

"누구? 범인?"

"텔레비전 좀 켜봐."

기요미가 리모컨으로 텔레비전을 켜자, 마침 심야 뉴스 프로그램에서 두 건의 총기 발사 사건을 대대적으로 보도하고 있었다. 언제나 그렇지만 두 건 모두 돌발적인 무차별 사격이었던 것 같다. 기적적으로 사망자는 나오지 않았지만 부상자는 다수 있을 거라는데.

화면에 비친 용의자의 사진을 보니 아직 앳된 얼굴이다. 그런데 기요미는 화면을 보면서 점점 묘한 기분에 사로잡혔다. 어디선가 본 기억이 있는 듯한 얼굴이다. 누구지? 어디서 봤더라? 뚫어지게 쳐다본다.

특별히 이렇다 할 특징이 없는 용모. 감정 없는 밋밋한 얼굴. 불순물이 섞이지 않은 다이아몬드 같은, 아, 그 남자다. 기요미를 몸으로 밀치고는 한마디 말도 없이 서 있던 남자와 비슷하다.

"왜 그러는 거야?"

다른 사람을 잘못 봤을 수도 있다. 마침내 젊은 사람의 얼굴이 다 비슷하게 보이는 나이가 되었는지도 모른다. 머리를 마구 돌리고 있는 기요미의 표정이 아주 기묘했는지, 노부유키가 이상하게 여기며 젓가락을 내려놓았다.

"무슨 일 있었어?"

"아니."

"아닌데, 왜 그래?"

"좀 생각할 게 있어서."

"뭘?"

"총기 발사 사건이 없었으면 이 샐러드도 없었을지 모를 가능성."

"무슨 소리를 하는 거야, 대체. 심각한 표정을 하고서 겨우 샐러드 생각을 하고 있었던 거야?"

여전히 속 편한 사람이라고 피식 웃는 노부유키의 말투 역시 태평했지만, 그가 그럴 수 있는 건 내면에 불안을 봉인하는 견고한 장소가 있기 때문이라는 걸 기요미는 알고 있었다.

빈발하는 공격을 방어하는 최선의 길은 국민 모두가 평상심을 유지하면서 일상을 지켜나가는 것. '1억 총 평상심'을 표방하는 수상의 지도 아래 순응을 잘하는 일본 사람들은 아주 순조롭게 일상을 연기하고 있어, 이제 어디까지가 연기인지 알 수 없다. 출퇴근길에 총기 발사 사건이 발생해도 동요하지 않는 이 평상심이 어디까지 정상적인 것인지, 기요미 자신도 잘 모른다. 다만 한 가지 말할 수 있는 것은, 자칫하면 아들 아쓰히코였을 수도 있는 용의자의 사진과 마주하면서, 자기도 모르게 갑자기 감정이 북받쳐 흐르는 눈물을 겨우겨우 참았다는 것이다. 또 분명하게 말할 수 있는 것은, 이렇게 앞날을 알 수 없는 세상이기에 더욱이 순무는 순무여야 하고 무는 무여야만 한다는 것이다.

"마음먹었어."

"응?"

"나, 백화점 지하와는 오늘로 인연 끊을래. 내일부터는 다시 전부 내 손으로 만들 거야. 비가 오나 눈이 오나."

좋았어, 하며 주먹을 불끈 쥐는 기요미 앞에서 노부유키는 난감한 표정으로 고개를 젓지도, 뭐라 한마디 하지도 않았다. 그저, 아흠, 하고 입을 쩍 벌리고 하품을 하고는 젓가락으로 집은 순무인지 무인지 모를 한 조각을 입에 넣었다.

마마

마마의 탄생

거짓이었어. 당신의 과거는 다 가짜였다고. 우리의 결혼 생활도 위선 덩어리였고.

심한 배신감에 이성을 잃고 옷과 속옷이며 화장품과 유즈키요의 분유와 기저귀를 손에 닿는 대로 여행 가방에 쑤셔 담고 있을 때, 당신이 주절거리는 변명의 말은 내 귀에 이미 들리지 않았다. 어지러운 꿈처럼 뒤틀린 비현실적인 감각 속에서, 어째서였는지 언젠가 들었던 '그 목소리'만 귓속에서 어렴풋이 울렸다.

"아는지 모르겠네. 슬픔은 딱 잘라서 두 가지 유형이 있거든. 한 가지는 무겁게 마음에 들러붙어서 떨어지지 않는 유형. 그리고 또 한 가지는 모든 걸 몰아내서 마음을 텅 비게 하는 유형. 무거운 슬픔은 거기에 금방 익숙해질 수도 있어. 사람이 그렇게 생겨먹었잖아. 시간을 들이며 그 무게를 견뎌낼 수 있게. 골치 아픈 건 텅 비는 쪽이야. 그 슬픔은 정말 인간을 갉아먹어. 덧나면 좋지 않은 일도 생기고. 아주 좋지 않은 일이."

내게 그런 말을 한 사람은 누구였을까?

한 마디 한 마디는 선명하게, 그 억양까지 똑똑히 귀에 새겨져 있는데, 누구 목소리였는지는 기억나지 않는다. 마치 배경 없는 인물화처럼 매몰된 기억의 어둠 속에서 목소리만 떠오른다. 이런 일이 있을 수 있는 건가?

아무튼 어젯밤의 내가 골치 아픈 쪽의 슬픔에 휩싸여 있었던 것은 분명하다. 나는 모든 것을 잃었다. 텅 빈 마음에는 그 사람을 비난할 기력조차 남아 있지 않았다. 아무것도 없으니 눈물도 나지 않았다. 부부 사이란 이렇게 간단히 깨질 수 있는 것일까. 무슨 일이 생기면 함께한 세월 따위는 바람에 흩날리는 헌 신문 쪼가리나 다름없어지는 것일까.

멍하니 그런 생각을 하면서 힘 빠진 손으로 겨우 유즈키요를 안고 여행 가방을 질질 끌면서 아파트를 뛰쳐나왔다. 마지막까지 그 사람이 뭐라고 말을 했지만 무슨 말을 하는지는 한 마디도 알아듣지 못했다.

아아, 이런 일이 생기다니.

뒷좌석의 베이비 시트에 유즈키요를 앉히고 200킬로미터 떨어진 여동생의 아파트를 향해 핸들을 돌리면서, 나는 내가 잃어버린 것을 생각했다. 지금까지 쌓아온 시간. 부부간의 신뢰. 가정의 편안함. 그리고 당신. 추억이 망령처럼 피어올랐다가 사라져간다.

우리는 사이좋은 부부였다. 사이좋은 부부는 보통 그러는지, 아니면 우리가 특이했는지는 알 수 없지만, 최대한 모든 것을 공유하고 싶었고 가능하면 완전히 한 몸이고 싶다는 터무니없는 욕구를 서로 강렬하게 품고 있었다.

그랬기 때문에 우리는 많은 말을 필요로 했다. 지금까지 둘이 만나기 전의 과거를 얼마나 열심히 묻고, 또 얘기했던가. 부자연스럽게 떨어져 있어야 했던 날들의 공백을 정말 기를 쓰고 메우려 했다.

특히 나는 '마마' 얘기를 좋아했다. 몇 번이나 졸라 거듭해 들으면서 당신의 마마는 시어머니가 아니라 친정 엄마 같은 온도를 지니며 내 과거에 녹아들었다.

"몇 번이나 말하지만, 내가 좋아서 '마마'라고 불렀던 게 아니야. 엄마 쪽에서 '마마'라고 부르라고 했다고. 그 점은 분명히 알아둬."

당신은 몇 번이나 그렇게 단서를 붙였다. 사실은 벌써부터 믿고 있었는데, 내가 의심하는 척하면서 당신을 놀렸던 것은 마마의 탄생에 얽힌 일화가 마음에 들어서였다.

"어느 날 갑자기 마마가 내게 그러는 거야. 이제부터 엄마라고 부르지 말고 마마라고 부르라고. '아주 어렸을 때부터 무민 마마를 동경해왔어.' 그렇게. 처음에는 농담인 줄 알았어. 그런데 사실 엄마는 무민 시리즈의 광팬이었거든. 만화영화가 아니라 토베 얀손의 원작 말이야. 틈만 나면 전 9권 중 한 권을 읽고 있었어."

긴 책을 읽는 나이가 되자 당신은 무민 마마에게 관심이 생겨 엄마를 따라 무민 시리즈를 읽게 되었다. 그리고 처음으로, 엄마가 집 안에서도 고풍스러운 검은 가방을 절대 손에서 놓지 않는 이유를 알았다. 그것은 무민 마마의 필수 아이템이기 때문이었다.

음식을 만들면서 휘파람을 분다. 꽃을 사랑한다. 빗소리 듣는 걸 좋아한다. 당신은 음지와 양지가 절묘하게 얽힌 무민의 세계에서 엄마와 무민 마마를 잇는 유사점을 몇 가지 발견했다. 그 점에 만족하며 독서를 끝냈다. 그리고 당신의 관심이 무민 마마를 향하는 일은 다시 없었다.

당신을 만난 후로 무민 시리즈에 심취하게 된 나는 그 점에 대해서도 당신과 몇 번이나 토론을 벌였다.

"이해가 안 되네. 정말 모르겠어. 마마 손에 자란 당신이 무민 마마에게 매력을 느끼지 못하다니."

"매력을 느끼기 못했다기보다 스너프킨이나 리틀미 쪽이 더 매력적이었다는 거지. 그때는 아직 어린아이였잖아. 주인공인 엄마에게 공감할 수 있는 아이가 어디 있겠어? 무민 마마는 사자에 씨의 엄마인 후네 같은 존재인데."

"그게 아니다. 무민 마마는 바로 사자에 씨라고. 제대로 잘 읽어보면 충분히 알 수 있는 거잖아. 무민 마마야. 무민 마마의 관용과 사랑이 그 이상한 사람들 사이를 이어주고 무민 골짜기를 지키고 있는 거라고."

그렇게 반박한 것은 허풍이 아니었다. 나는 정말 무민 마마에게 푹 빠져 있었다. 그리고 그 사모의 정은 고스란히 당신의 마마에게 투영되었다. 카메라를 싫어해서 사진도 없다는 그 마마를 본 적이 없어서 내 상상 속의 그녀는 더욱더 무민 마마의 모성애 넘치는 자태로 변용되었다.

실제로 당신의 마마는 무민 마마 못지않게 애정이 넘치는 사람이었다. 당신이 말귀를 알아들을 만큼 자랐을 때, 외동아들인 당신이 필요로 하면 마마는 언제나 옆에 있었다. 필요한 말을 필요한 때 필요한 만큼 건네주었다. 필요치 않은 일은 하지 않았다. 그녀는 과잉보호를 가장 싫어했으니까.

어느 날 유치원의 모래 놀이터에서 혼자 멍하니 있는데, 한 선생님이 "왜 그렇게 멍하니 있어. 같이 놀자" 하고 다른 아이들 사이에 당신을 밀어 넣으려 했다. 당신은 고개를 저었다. 그러고 싶은 기분이 아니었으니까. 하지만 선생님은 양치기처럼 "자, 어서 가자" 하면서 당신을 아아들 속으로 쫓았다.

당신이 집으로 돌아가 그 얘기를 하자, 마마는 그녀답지 않게 분개했다.

"어이가 없네. 모래 놀이터에서 멍하게 있을 시간도 주지 않다니. 아이에게는 친구들이랑 같이 있는 시간만큼이나 혼자 있는 시간도 중요한데, 그걸 아는 어른이 많지 않다는 게 얼마나 큰 불행인지."

그 말대로 당신이 혼자이고 싶을 때, 개인으로 세계와 마주하고 싶을 때면 마마는 늘 모습을 감췄다. 미리 나서는 일은 절대 없었다. 당신이 혼자이고 싶지 않은데 혼자 있을 때. 몸이 아플 때. 고민이 있어 시무룩할 때. 그런 때야말로 마마가 나설 차례라는 듯 생기발랄하게 약동했다. 당신 옆에서 명랑하게 노래를 부르고, 정성스럽게 간병하고, 고민을 들어주고, 표정을 섞어가며 재미난 얘기를 해주어 당신을 웃게 했다. 무민 파파만큼이나 변덕이 심해서 집에 잘 있지 않았던 아빠 몫까지 하면서 엄마 혼자 집 안을 밝게 비췄다. 그야말로 무민 골짜기를 비추는 무민 마마처럼.

그 빛이 영원히 사라진 날을, 당신은 지금까지 단 한 번도 말한 적이 없었다. 성인이 되고 얼마 후 당신에게 그 일은 너무도 가혹한 상실이었는지도 모른다. 지금도 말하기가 고통스러위 보이는 당신을 볼 때마다 나 역시 묻기가 곤혹스러웠다. 그래서 피차 그 고통스러운 과거를 외면해왔다. 그래서 당신의 인생에서 그 기간만, 마마의 죽음에 관련된 그 부분만 당신과 나의 과거를 가르는 공간이 되고 말았다.

그 어두운 골짜기에 거짓이 숨겨져 있었다니. 그럴 줄 누가 알았을까?

그렇다. 열 사람이면 열 사람 모두, 백 사람이면 백 사람 모두 그렇게 생각할 것이다.

수상하게 여겼어야 하는 것은 '마마의 탄생'도 아니고 '마마의 죽음'도 아닌 '마마의 부활'이었다고.

마마의 부활

그렇다, 마마는 부활했다. '마음속에 줄곧 살아 있다'거나 '밤하늘의 별이 되었다' 하는 등의 판타지적인 부활이 아니라, '꿈속에 나타났다'거나 '영매의 입을 빌어 어떤 말을 했다'는 등의 우회적인 부활도 아닌, 말 그대로 당당히 유령으로 부활했다.

처음에는 경악했던 나도 당신의 얘기를 들으면서 점차, 그런 일도 있을 수 있겠네, 마마라면 충분히 부활도 할 수 있겠네,

하고 생각하게 되었다.

"마마는 정말 옛날 그대로였어. 손에 검은 가방을 든, 예전과 조금도 변하지 않은 모습으로 내 앞에 나타난 거야. 그리고 40도가 넘는 열에 시달리고 있는 내게 이렇게 말했어. '왜 이리 지쳤니.'"

오랜만에 그 목소리를 듣고서 당신은 자신이 얼마나 지쳐 있는지, 피로가 고열 이상으로 얼마나 중대한 문제인지 깨달았다.

그때 당신은 겨우 스물여덟 살 나이에 자신도 모르게 인생의 궁지에 몰려 있었다. 마마가 부활하지 않을 수 없을 만큼, 도무지 어쩔 도리가 없는 막다른 골목에.

한마디로 너무 바빴다.

"대학 졸업한 지 3년 만에 겨우 어느 금융 회사의 정직원이 되었어. 노동 조건도 임금도 최악인 악덕 기업이었지만, 인력 파견 회사 시절이 길었던 나는 그 직장에 매달리지 않을 수 없었지. 아주 너덜너덜해질 때까지 일했어. 매일 일이 끝나면 나가떨어질 만큼 피곤했고, 살도 빠지고, 시력도 나빠지고, 머리까지 빠지고, 나중에는 오줌에 피가 섞여 나오기도 했어. 상황이 그런데도 나는 파견 시절의 불리한 입장으로 돌아가고 싶지 않았어. 수당 없이 야근에 휴일 출근까지 마다하지 않았고, 사내 행사와 접대 골프에도 자진해서 참가하고, 회사에 편리한 직원이 되려고 부신 애를 썼지. 언제 과로사를 해도 이상하지 않을 매일에서 벗어날 방법은 오직 하나, 출세해서 사람을 부리는 쪽이 되는 거라고 믿었으니까."

분방한 방랑 생활 끝에 기둥서방이 된 아버지와는 오래전에 의절한 상태였다. 당신이 정직원이라는 지위에 매달린 이면에는, 정상적으로 살지 못하는 아버지의 피를 이었다는 두려움이 숨어 있었는지도 모른다. 오로지 일에 매달리는 것으로 당신은 아버지에게서 도망쳐 자신의 인생을 개척하려 했다. 이따금 경종을 울리듯 몸에 이상이 생겨도 시판되는 약으로 대충 무마했을 뿐 절대 일을 쉬려 하지 않았다.

그런데 마마가 부활한 그날 아침에는 도무지 침대에서 일어날 수가 없었다. 열이 40도나 끓어올랐으니 그럴 만도 했다. 온몸이 나른하고 뼈마디가 욱신거렸다. 어질어질해서 일어나기는커녕 베개에서 머리를 들기도 힘겨웠다. 애끓는 심정으로 회사에 전화를 걸어 결근을 알렸다.

"그날은 하루 종일 불안해서 견딜 수가 없었어. 회사 일이 걱정돼서, 열이 펄펄 끓는데도 일 생각만 했지. 집에 누워 있는 시간이 아까워서, 너무 아까워서 눈물이 쏟아질 지경이었어. 아아, 여기 누워 이러고 있을 시간이 있으면 그 일도 할 수 있고 저 일도 할 수 있는데, 내가 왜 이러고 있는 거지, 하고 말이야."

지금 이 순간에도 동료 사원들은 온갖 수단을 다해서 자신을 앞질러 가고 있는 게 아닐까. 그런 생각에 당신은 제정신이 아니었고, 시계만 보며 안절부절못했다. 오래전에 극복했다고 여긴 손톱을 깨무는 버릇까지 되살아났다.

애처롭게 잘려나가는 열 개의 손톱. 소년 시절이 떠오르는 그 거칠거칠함 때문이었을까. 밤하늘에 달이 떠오를 무렵, 문득 귓가에서 그 목소리가 울렸을 때 당신은 신기하리만큼 순순히 그 목소리를 받아들였다.

"깜짝 놀랐네."

그렇게 중얼거렸을 때는 이미 마마의 부활을 환영하고 있었다.

"이 꼴이 뭐니, 왜 이리 지쳤어."

마마도 아무렇지 않게 말했다. 부활에 대해 구체적인 설명 하나 없었다. 어처구니없다는 표정으로 당신의 이마에 손바닥을 댄 채 담담하게 설교를 이어나갈 뿐이었다.

"생각을 해봐. 너는 지금 열이 40도나 끓어올라서 침대에 누워 있어. 환자라고. 얼마나 아프고 힘들겠니. 그런데도 너는 네 몸이 아니라 시간만 걱정하고 있잖아. 너는 여기 있는데, 네가 없는 곳에서 흐르는 시간 때문에, 보이지도 않는 사람들 때문에. 아아, 얼마나 어리석은 짓이니. 너는 지금 아픈 것만으로도 벅찰 텐데. 어느 세상에 이런 바보 같은 짓이 있다는 말이니."

어느 세상에? 당신은 부연 머리로 생각하고는, 이 나라 온갖 곳에 자신과 비슷하게 지칠 대로 지친 사원들이 있을 것이라는 결론을 내린다. 동시에 마마가 '바보 같은 짓'이라고 한 말의 의미가 손바닥을 타고 이마로 스며들어, 자신을 포함한 모두가 정말 어리석다는 것을 인정하기에 이른다. 열이 펄펄 끓어 끙끙거릴 때조차 시간에 쫓기다니, 비참한 수준을 넘어서 추악하다고.

왜 이렇게 되었을까.

언제, 어디서, 뭐가 잘못된 것일까.

"괜찮아. 지금은 아무 생각 안 해도. 그런 건 시간이 지나면 저절로 알게 되는 거니까. 지금 네가 해야 할 일은 아픈 몸을 아프고, 고통을 괴로워하는 것뿐이야. 그 일에만 시간을 쓰도록 해. 그리고 마음껏 자는 거야."

차분한 그 목소리가 꿈도 환영도 아니라고 확신한 당신은 오랜만에 깊은 안도감에 싸였고, 그날은 쿨쿨 편히 잠잘 수 있었다.

마마가 부활할 정도로 자신이 엉망이었다는 것은 긴 잠에서 깨어나서야 알았다.

깊은 수렁에서 한 걸음 헤어 나와야 비로소 알게 되는 것도 있다. 배가 고팠다. 부엌 안쪽에서 마마의 기척을 느끼며 그렇게 생각했을 때, 당신은 자신이 오래도록 식욕이 없었다는 것도 알았다. 맛있었다. 그리웠던 마마표 특제 달걀죽을 떠먹으면서, 미각마저 마비되어 있었다는 것을 알았다. 매일 들꽃을 따다가 침실을 꾸며주는 마마의 정성스러운 간호를 받으면서 당신은 그렇게 하나하나, 자신도 모르게 잃었던 것을 회복해 갔다. 그 대가로 일자리를 잃었지만(결근 사흘째에 '이제 당신 자리는 없다'는 통보가 왔다), 이미 회사에 미련은 없었다. 정신을 차리고 보니, 왜 자신이 그런 직장에 그렇게 매달렸는지 스스로도 이해하기가 어려웠다. 그런 곳에서 타인을 끌어내리면서까지 대체 어떤 미래를 손에 쥐려 했던 것일까.

자칫 어둠으로 기울려는 마음에 햇빛을 비추듯, 마마는 매일 아침 흥겨운 콧노래와 함께 커튼을 열어 당신에게 태양을 보게 했다.

"바람도 많이 쐬어야 해."

"밤에는 천창을 열고 자라."

"꿀을 많이 먹어."

전부 어렸을 때부터 들어왔던 말이었다.

"몸이 좀 편해지면 책을 읽도록 하렴. 대부분의 문제는 자기만의 문제에 매달리기 때문에 생겨나는 거야. 책을 읽으면 읽은 만큼 너는 너 자신에게서 해방될 거야."

태양과, 바람과, 꿀과, 독서와, 그리고 마마의 존재가 당신을 서서히 회복으로 이끌었다. 천천히 시간을 들여 당신은 되살

아니다. 얼마 전까지 혈뇨를 보던 몸에 생기와도 같은 에너지가 감도는 것을 느꼈을 때 당신은 마마에게 말했다. 자신은 이제 괜찮다고.

"고마워, 마마. 마마 덕분에 지금 나는 초등학교 5학년 때로 돌아간 것처럼 몸도 가볍고 기운이 넘쳐. 움직이고 싶어서 몸이 근질근질하네."

"초등학교 5학년? 어머나, 그러니."

"새 일자리를 구하기 전에, 모처럼 시간도 있으니까 좀 멀리 다녀오려고 해."

"그래, 그러럼."

무슨 일이든 모두 꿰뚫어 보는 마마는 두말 않고 찬성해주었다.

"다녀오렴. 전부터 마음에 담고 있었지?"

그렇다. 아침에 나가면 새벽까지 일에 절어 사는 매일을 보내면서도 당신은 2년 전 재해로 큰 피해를 입은 고장을 늘 염두에 두고 있었다. 바쁜 나날을 이유로 아무것도 하지 않았다는 죄책감도 있었다. 지금이라도 자신이 할 수 있는 일이 있다면.

찾아보니 있었다.

당신은 그곳으로 향했다.

약 한 달 후 집으로 돌아왔을 때, 당신이 예상했던 대로 마마는 모습을 감추고 없었다. 그리고 두 번 다시 부활하는 일은 없었으니, 안타깝게도 나는 그녀를 한 번도 만나지 못했다.

마마의 습격

상식적으로 보면 애당초 있을 수 없는 일이었다. 당신이 하는 얘기는 처음부터 상식 밖이었다. 의심 하나 없이 믿은 내가 어리석었는지도 모른다. 아니, 어리석었을 것이다. 아니, 어리석었다.

하지만 나는 당신을 믿고 싶었고, 그 이상으로 당신의 과거를 끊임없이 비춰주는 마마의 존재를 믿고 싶었다.

당신이 얘기하는 마마가 정말 좋았다.

그렇기에 오늘 당신의 아버지라는 사람이 불쑥 나타나 쉬이 믿을 수 없는 진실을 얘기했을 때, 나는 마음이 텅 비어버릴 정도로 타격을 받았던 것이다.

"실례합니다."

아버지는 아무런 사전 연락도 없이 아주 편하게, 불쑥, 우리가 사는 아파트를 찾아왔다. 마치 어떤 독창적인 생각이 떠올라 방랑길에 올랐던 무민 파파가 홀연 집으로 돌아온 것처럼.

아니. 내가 그런 인상을 품었던 것은 당신 탓이었다. 지금까지 무민 파파와 아버지를 혼동하게 하는 표현을 줄곧 유지하며 당신이 왜곡한 탓이었다. 기분파. 방랑벽. 언제나 집에 없었다. 내게 아버지를 보여주고 싶지 않은 나머지 당신은 그를 존재하지 않는 인물로 만들었다.

실제로 그는 늘 집에 있었다.

없는 쪽은 오히려 당신이었다.

"내가 재혼을 했는데, 아들이 그 사람을 받아들이기는커녕 오히려 반항을 해서 끝내 한 지붕 아래 살지 못하고 집을 나갔던 겁니다. 그 이후에는 이바라키현에 사는 우리 아버지, 그러니까 아들에게는 할아버지 되는 분 집에서 살았어요. 우리는 왜 그런지 여자가 단명하는 집안이라 어머니도 일찍 돌아가셔서, 혼자 사시는 아버지에게 외아들을 맡기자니 죄스러웠지만, 달리 의지할 사람도 없었지요. 그 후에도 여러 가지 일이 많아서 아들과 지금까지 소식을 주고받지 못했지만, 아버지를 통해 근황은 듣고 있었습니다. 결혼을 했다는 것도, 아이가 태어났다는 것도 말이죠. 염치없지만, 손자가 태어났다는 말을 들은 후로는 어떻게든 한 번이라도 만나보고 싶은 생각이 날로 간절해져서 도저히 참을 수가 없었어요. 몇 번이나 이 아파트 앞까지 왔다가 돌아갔습니다. 그런데 오늘은 도저히 그냥 갈 수가 없어서……. 정말, 지금 와서 뻔뻔하게. 미안하게 됐어요."

선입견 없이 대하고 보니, 당신의 아버지는 방랑자라기보다 오히려 관료적인 타입의 점잖은 사람이었다. 그리고 실제로도 구청에 오래 다녔다는 말을 듣고 나는 내 귀를 의심했다.

"저, 죄송한데요."

익숙하지 않은 손길로 유즈키요를 무릎에 앉히고 있는 그에게 나는 물었다. 머릿속이 혼란스러웠다.

"남편은 고등학교를 졸업한 후에는 도쿄 외곽에서 혼자 살았고, 대학교도 장학금을 받아 다녔다고 들었는데요. 이바라키에서 할아버지와 살았다는 말은……."

"네, 그러니까 그건 내가 재혼해서 얼마 안 되었을 때 일입니다. 아들이 아마 세 살이나 그쯤 되었을 때일 거예요."

점점 더 혼란스러워졌다.

"하지만 마마…… 아니 어머니가 돌아가신 건 그 사람이 어른이 된 다음 아닌가요. 그러다 재혼하셨다고 들었어요. 그 상대가 집에 들어왔을 때 남편은 이미 대학생이었고 혼자 살았을 텐데요."

언뜻 젊어 보이지만, 어쩌면 아버지의 뇌에 이미 기억 장애가 발생했는지도 모른다. 그런 의혹을 비치고 있는 내 눈동자를 보고서 아버지는 똑같은 눈길로 나를 쳐다보았다.

"저, 무슨 오해가 있는 모양인데, 첫 아내가 죽은 건 아들이 스무 살 때가 아니라 두 살 때였어요."

"네?"

"두 살이었습니다. 그러니까 아들은 제 친어미를 기억도 못할 겁니다."

"네? 그럼 마마는……."

"예?"

"아, 죄송해요. 그게, 저, 그럼 남편이 따랐다는 어머니가 재혼 상대였나요?"

"따라요?"

말도 안 된다는 식으로 그의 아버지는 눈가를 파르르 떨었다.

"아까도 말했지만, 아들은 새 엄마를 극도로 싫어했어요. 같이 산 지 1년도 채 못 되어 집을 뛰쳐나갔지요. 할아버지와 함께 산 이후로는 단 한 번도 만난 일이 없어요."

"그럼 어머니는……."

"없습니다."

"……."

"철이 든 후로 아들에게는 어머니가 존재하지 않았습니다."

존재하지 않았습니다.

아무리 뚫어지게 처다보아도, 아버지의 눈 속에서 거짓이나 사기나 광기의 기미는 찾을 수 없었다. 그는 자신에게 아주 당연한 사실을 말하고 있을 뿐이었다.

있었던 일을 있었던 일로. 없었던 사람은 없었던 사람으로.

마마의 재림

아들과 새 아내의 갈등에는 아마 내 책임도 있었을 겁니다. 그래서 지금도 미안하게 생각하고 있어요. 너무 서둘렀던 거라고요. 어차피 새엄마를 맞아야 하니 조금이라도 어릴 때가 좋겠다 싶어서, 아내가 죽은 지 1년 남짓 지나 재혼을 했습니다. 아직 어린아이였지만, 그래도 참 예민하게 냄새를 맡더군요. 네, 이참에 솔직하게 말하죠. 재혼 상대와의 관계는 아내가 살아 있을 때부터 숨기고 있었습니다. 아들이 철저하게 재혼 상대를 거부한 것은 아마도 그걸 감지한 탓이 아니었을까 생각합니다. 내가 중간에서 두 사람 사이를 잘 중재했으면 좋았겠지만, 미안한 마음도 좀 있어서 한발 물러나 있었어요. 도망친 거죠. 아버지에게 아들의 몸에 멍이 있다는 말을 듣기 전까지는 새 아내가 아들에게 손을 댔다는 사실조차 모르고 있었습니다. 허어, 아들이 아버지가 집을 자주 비웠다고 했다고요? 그렇게 표현할 수도 있겠군요. 한 지붕 아래 살면서도 아들에게 나는 한없이 존재감이 없는, 없는 거나 다름없는 아버지였는지도 모르겠습니다.

유즈키요의 이불 아래 거금이 담긴 봉투를 밀어 넣고 아버지가 사라진 뒤, 당신이 회사에서 돌아올 때까지의 시간이 얼마나 길었는지. 얼마나 견디기 힘들었는지.

나는 당신을 의심하고 싶지 않았다. 가령 당신이 한 얘기(마마가 부활했다)보다, 아버지가 한 얘기(아무도 부활하지 않았고, 돌이킬 수 없는 일은 돌이킬 수 없는 채로 남아 있다) 쪽이 훨씬 믿기 쉽고 이 세상 이치에 맞는다 해도. 현실적이라는 점에서 당신에게 한 가닥 승산이 없었어도. 그런데도 나는 당신이 단호하게 말해줬으면 했다. 거짓말이 아니라고, 우리의 마마는 절대 거짓이 아니었다고.

그래서 나의 추궁에 새파래진 당신이 아버지 얘기를 순순히 인정했을 때, 나는 우리의 과거가 싹둑 잘려나간 듯한 기분이 들었던 것이다.

모르겠다. 당신은 왜 존재하지도 않는 마마 얘기를 내게 들려주었는지. 그것도 수시로, 고이 간직하고 있는 소중한 추억인 양. 그런 데다 애당초 있지도 않았던 마마를 죽인 것도 모자라 부활시키기까지 했다. 어떤 의미였을까.

내 머릿속에는 수많은 수수께끼가 맴돌고 있었지만, 이미 당신에게 따질 기력조차 없었다. 뭐라고 열심히 변명하는 당신의 목소리가 목소리로 들리지 않았다. 당신이 당신으로 보이지 않았다. 이렇게 사람을 잃는 것일까.

아마 어린 시절에 당신은 외로웠으리라. 있지도 않은 마마 얘기를 지어내야 할 만큼 고독했으리라. 그런 생각을 하면 가슴이 아프다. 하지만 어린 시절의 당신이 제아무리 불우했다

해도, 어른이 된 당신은 가족이 된 내게 그런 거짓말을 해서는 안 되는 거였다.

당신 얘기를 들을 때마다 부풀어만 갔던 마마에 대한 동경. 나는 마마를 만나본 적도 없지만 당신을 매개로 마마와 이어져 있는 듯한 기분이었다. 아이가 싫다고 공언한 친정 엄마와는 마음을 나누지 못해, 사랑하는 것도 사랑받는 것도 오래전에 포기한 내게 당신의 마마는 이 세상 누구보다 나의 엄마였다.

당신 혼자만 외로웠던 게 아니다.

내가 울고 있다는 것을 안 것은, 핸들을 꽉 잡고 짙은 어둠이 깔린 고속도로를 달리고 있을 때였다.

마음이 텅 비어 있는데 왜 우는 것일까. 이 눈물은 당신 때문에 흐르는 것일까, 친정 엄마 탓일까, 아니면 유치한 자기 연민일까.

유즈키요는 예민하다. 내가 훌쩍거리는 소리에 반응하듯 뒷좌석에서 칭얼거리는 소리가 들렸다. 이제 발작적으로 울어대는 건 시간문제다. 이유식을 시작한 지 한 달이 되었는데도 밤에 울 때는 아직 분유 병이 최고다.

어둠에 묻힌 도로변 간이 휴게소에 차를 세웠다. 지역 특산품 매장은커녕 매점 하나 없고 화장실과 자동판매기뿐인 휴게소, 간간이 녹슨 벤치에서 한숨 쉬어가는 사람들이 보일 뿐 고요하기만 한 그곳에는 일종의 독특한 권태감이 떠다니고 있었다. 운전하기는 지겨운데 그렇다고 서둘러 갈 목적지도 없다. 그런 밤의 정적.

나는 그 한 모퉁이에서 유즈키요를 어르면서 분유를 먹였다. 배가 부르자 아이는 울음을 그치고 다시 새근새근 잠이 들었다.

아, 그렇지. 이 아이가 있다. 자신의 모든 것을 잃었지만 이 아이만 있으면 나는 살아갈 수 있다.

다시 눈물이 흘렀다. 그때였다.

"저."

밤의 어둠 속에서 '그 목소리'가 슬쩍 끼어들었다.

"아는지 모르겠네. 슬픔은 딱 잘라서 두 가지 유형이 있거든. 한 가지는 무겁게 마음에 들러붙어서 떨어지지 않는 유형. 그리고 또 한 가지는……."

그것은 내가 전에 들었던 얘기였고, 또 목소리였다.

나는 소름이 좍 끼쳐 몸을 떨면서 조심조심 돌아보았다.

그녀가 있었다. 내가 앉은 벤치 옆자리에 한 사람이 앉을 만큼 간격을 두고 앉아, 스마트폰에 입을 대고 담담하게 얘기하고 있었다.

"골치 아픈 건 텅 비는 쪽이야. 그 슬픔은 정말 인간을 갉아

먹어. 아무튼 지금은 충분히 쉬면서 바람을 쐬는 게 좋아. 그리고 꿀을 먹는 거야. 겨울잠에 들기 전의 곰처럼. 중요한 건, 당신이 없는 곳에서 흐르는 시간에 구애받지 않는 것. 거기에는 당신이 없으니까."

없으니까. 그 한마디를 마지막으로 스마트폰에서 귀를 뗀 그녀가 "그렇잖아?" 하는 식으로 돌아보았다. 마치 아까부터 내게 말하고 있었던 것처럼.

나는 아마 눈을 크게 떴으리라.

"오늘 밤은 참 이상하네. 여기저기서 일이 터져서 얼마나 바쁜지 모르겠어. 이런 밤에는 당신처럼 피크닉을 떠나는 게 정답이지."

"네?"

"하지만 이제 그만하면 됐어. 피크닉은 여기까지. 이제 집으로 돌아가요."

그녀가 미소 짓자 몸의 떨림이 멈췄다. 나는 마음을 차분히 가다듬고 그녀에게 말했다.

"당신은 누구죠?"

"괜찮으면 마마라고 불러줘요. 꿈이었거든요, 마마가 되는 게. 상상했던 것보다 훨씬 분주했지만."

후후 웃으면서 그녀는 "그럼" 하고는 일어나, "갈게요" 하며 자리를 떴다. 차가 줄지어 서 있는 주차장이 아니라 헤드라이트 빛이 어지럽게 잇길리는 고속도로 저 너머로. 저 사람이 어디서 와서 어디로 가려는 거지? 그런 의문을 품을 틈도 없이 경쾌한 걸음걸이로. 그 토실토실한 손에 고풍스러운 검은 가방이 들려 있는 것을 보고서, 나는 유즈키요를 가슴에 끌어안고 입가에 남아 있는 우유 냄새를 맡으며 뛰는 가슴을 진정시키려 했다.

떠올랐다. 기억의 봉인이 풀려 불쑥 선명하게 되살아났다.

몇 년 전 어느 날, 당신을 만나기도 전에 내가 그녀와 만났다는 것을.

마마와의 조우

그 아침, 거의 망가져가던 나는 야마노테선 전철 안에 있었다. 원래 같으면 다마치에서 내려 벌써 출근을 했어야 하는데, 유라쿠초를 지나고 아키하바라를 지났는데도 여전히 전철 안에 있었다. 힘이 안 들어간다는 게 이런 거구나, 하고 온몸으로 확인하면서.

좋지 않은 일이 계속 겹쳤다. 연인과는 헤어지고, 동료와는 충돌하고, 상사는 넌지시 퇴직을 권고하고. 같은 아파트에 사는 이웃은 말도 안 되는 시비를 걸고. 당시 마치 집중호우처럼 문제가 집중적으로 발생했다. 생각해보면 그 몇 년 전, 오래 투병하던 아버지가 돌아가시고 성격이 맞지 않는 엄마가 혼자 남았을 때부터 내 깊은 곳에서는 슬금슬금 침식이 시작되었는지도 모른다.

그리고 끝내 함몰했다. 직접적인 계기는 그 전날 밤 엄마에게 걸려온 전화.

"네 동생 결혼 날짜가 정해졌지만, 너한테 내 노년을 돌봐달라고 할 마음은 없으니까 무슨 일 생겼다고 올 것까지는 없다. 맏딸이라는 부담도 가질 것 없고."

엄마가 노파심에 그런 말로 못을 박았기 때문일까.

"그 대신 네 명의로 부은 적금, 내 노후 생활비로 써야겠다."

그야말로 아버지가 걱정했던 대로였다. 그때까지의 엄마를 생각하면 충분히 있을 수 있는 일이었는데, 그런데도 여전히 상처받는 자신에게 또 상처를 입었다. 딸이기를 버리지 못하는 자신의 나약함.

어디에도 가지 못하는 나를 태운 전철은 야마노테선 선로 위를 빙빙 돌았다. 태양이 머리 위에 가까워질수록, 전철 안에는 양복 차림의 회사원이 줄고 손잡이를 잡은 사람도 줄고 좌석의 여백이 커져갔다. 문이 열릴 때마다 들고 나고, 나타났다가는 사라지는 사람들 속에서 나만 끝없이 거기에 있었다.

아무도 나를 신경 쓰지 않는다는 것은 내가 없다는 것과 다름없다는 뜻이다. 나도 모르게 손목의 푸른 핏줄을 들여다보고 있었다. 그 직후였다.

"아는지 모르겠네. 슬픔은 딱 잘라서 두 가지 유형이 있거든. 한 가지는……."

옆에 앉아 있던 여자가 갑자기 이쪽으로 고개를 돌리더니, 마치 옛 친구 같은 말투로 내게 얘기하기 시작했다.

"무거운 슬픔은 거기에 금방 익숙해질 수도 있어. 사람이 그렇게 생겨먹었잖아. 시간을 들이며 그 무게를 견뎌낼 수 있게. 골치 아픈 건 텅 비는 쪽이야. 그 슬픔은 정말 인간을 갉아먹어. 덧나면 좋지 않은 일도 생기고. 아주 좋지 않은 일이."

당신 누구죠? 왜 느닷없이 그런 말을? 아주 좋지 않은 일?

묻고 싶은 것은 많은데, 눈이 마주치는 순간 내 입에서 말이 툭 튀어나왔다.

"여기서 영원히 못 내릴 것 같아요."

"그래, 그렇겠지. 그런 때도 있는 법이야."

그녀는 너그럽게 고개를 끄덕였다.

"하지만 그런 경우라면 이 전철은 적합하지 않아. 그렇잖아, 어디로도 가지 않는걸. 내려서 다른 전철을 타보는 게 어떨까 싶은데."

"다른 전철?"

"많잖아."

"하지만 어느 전철을?"

"어느 전철이든."

"어느 전철이든, 이라니. 어디로 가면 좋을지 모르는데."

"어디든 도착하는 곳에 가보는 건 어때?"

그렇게 대충 권하고 그녀는 그때 막 정차한 전철 창밖을 내다보더니 "어머" 하면서 두 손으로 입을 가렸다. 스가모, 스가모, 하는 방송 소리가 흘렀다.

"내려야겠네."

떠나갈 때는 재빠른 것이 그녀의 특징이었다. 나는 어안이 벙벙한 채, 황망하게 일어나 안녕이라는 말도 없이 플랫폼을 서둘러 걸어가는 등을 쳐다보았다. 오동통하고, 그런데도 경쾌한 뒷모습이었다. 그 팔목에는 분명히 검은 핸드백이 걸려 있었다.

마마의 답습

"여보세요, 언니야? 어떻게 된 거야? 왜 이렇게 안 와."

"응. 저 있지. 미안한데, 오늘 안 가기로 했어."

"뭐, 정말?"

"응, 이제 괜찮으니까 걱정 마."

"에이, 뭐야. 치, 부부 싸움은 칼로 물 베기라더니. 그래도 다행이네."

"그보다 한 가지 궁금한 게 있는데. 너 어렸을 때 혹시 검은 핸드백 든 여자 만난 적 있니?"

"그건 또 무슨 소리야? 검은 핸드백을 들고 다니는 여자가 어디 한두 명인가."

"그런 게 아니라 너만의 특이한 체험 같은 거 없었느냐고?"

"혹시 그거, 입 찢어진 여자의 일종이야?"

"아니 아니. 그 사람은, 그러니까 네가 옆에 있어줬으면 할 때만 나타나서……."

"요정 같은 거야?"

"아, 됐다. 고마워. 미안하다."

"언니?"

모두가 만나는 건 아니다. 아마 그녀를 필요로 하는 사람에게만, 때때로 그녀는 나타난다.

뭐라 이름 지을 수 없는 그녀.

그러나 군이 이름을 붙이자면, 역시 그녀는 '마마'이리라.

당신의. 나의. 그리고 다른 누군가의.

"어렸을 때, 아, 지금 있었으면 좋겠다, 할 때면 늘 마마가 있었어."

"어른이 되고 나니까 없어졌어."

"그런 존재라고 생각했는데."

"그래도 마마는 마마였지."

여행 가방에 짐을 쑤셔 넣는 내게 필사적으로 애원했던 당신. 지금은 그 목소리가 들린다. 의미가 전해진다. 설명은 되지 않는다. 그러나 그녀는 틀림없이 있었다.

"나도 마마를 만났어."

당신에게 그 말을 빨리 하고 싶어서 핸들을 잡은 손에 힘이 들어간다. 밤길을 돌아간다. 땀이 배어 나온다. 유즈키요가 뒤에 타고 있다. 안전하게, 살살. 하지만 어서 빨리 돌아가고 싶어 어쩔 줄을 모른다. 고요한 거실에서 우리를 기다리고 있을 당신 품으로.

어디서부터 얘기하면 좋을까. 나도 전에 마마의 도움을 받은 적이 있다고. 몇 년 전 마마의 말을 따라 장거리 전철에 올라탔고, 그때 찾은 북쪽 동네에서 당신을 만났다는 것.

당신은 믿어줄 것이다. 마마 얘기니까. 놀랄 것도 없다. 서두를 것도 없다. 우선은 따끈한 홍차를 끓여 아카시아 꿀을 듬뿍 넣는다. 그 피어오르는 김으로 당신을 따끈하게 데우면서, 마마와의 조우를 천천히 얘기하자. 당신이 당신의 마마를 내게 나눠준 것처럼, 나도 내 마마를 나누자. 아마도 이게 마지막, 두 번 다시 우리 앞에 나타나지 않을 마마를.

그녀는 무척 바쁘다. 우리 일로 언제까지 번거롭게 할 수는 없다. 당신을 위해, 유즈키요를 위해 앞날을 비출 사람은, 바로 나니까.

매듭

고향 집에는 자주 내려가는데, 그날은 플랫폼에서 발이 떨어지지 않았다. 오가는 사람과 자동차도, 간판의 불빛도 많지 않은 역 앞길, 여느 때와 다름없는 적막의 의미를 찾는다.

해마다 늘어나는 문 닫은 가게.

깨진 채 마냥 그대로인 가로등 하나.

뒷다리를 질질 끌면서 눈앞을 가로질러 가는 검은 고양이.

역시 오늘은 여기 오는 게 아니지 않았을까. 동료가 불쑥 야근을 부탁해 출발이 늦어진 것도 그 계시가 아니었을까.

태어나고 자란 고향으로 '돌아가는' 게 아니라 '향하는' 심정으로 나는 오늘 이 땅을 밟았다. 발길이 무겁다. 가고 싶지 않다. 가능하면 돌아가고 싶다. 도망치고 싶다. 그러나 가야만 한다.

후덥지근한 공기 때문에 배어 나오는 땀과, 다른 한 종류의

땀으로 피부를 적시면서 나는 물의 막을 헤치듯 그 가게로 향했다.

역에서 걸어 3분이면 도착할 수 있는 이자카야의 체인점. 미성년자의 음주가 슬쩍슬쩍 용인되던 고등학교 시절, 반 모임을 할 때면 종종 그 가게를 이용했다. 당시에는 예약이 필수였으니, 그때까지만 해도 동네에 활기가 남아 있었던 것이리라.

긴 세월이 지난 지금, 거뭇거뭇해진 외벽에는 세월의 흔적이 새겨져 있다. 창문 너머로 보이는 실내에는 빈자리가 눈에 띈다. 그렇게 봐서 그런지 조명도 어둡다. 손때가 탄 유리문에는 '10명 이상 파티 코스 4시간 음료 리필 무제한 3500엔!'이라고, 거저 먹고 마시라는 투의 요금을 내세운 전단지 네 장이 세로로 죽 붙어 있다.

순간적으로 오늘 회비가 뇌리를 스쳤다. 3500엔. 그렇다면 적어도 아홉 명 이상이 모인다는 뜻이다.

유리문으로 내밀었던 손이 움츠러든다. 야근이 거듭 원망스럽다. 야근만 하지 않았더라도 오늘 나는 여유롭게 10분 전에 도착해, 눈에 잘 띄지 않는 구석 자리를 차지할 수 있었을 텐데. 줄줄이 들어서는 예전 반 친구들이 내 얼굴을 보고 놀라더라도 그건 잔물결의 연속에 지나지 않는다.

모임에 늦는 자에게는 큰 파도가 덮친다. 한 시간이나 늦었으니 자리는 충분히 달아올랐을 것이다. 다들 서로의 근황도 얘기했을 것이고, 이제 슬슬 공통된 옛이야기로 흥이 오를 무렵이다. 그렇다면 그들은 십중팔구 그 얘기를 할 것이다. 왜냐하면 6학년 2반 최대의 추억이 바로 그 일이었으니까.

숨을 고르고 각오를 다진 후에 유리문을 밀었다.

"파티 코스 손님이세요? 안내해드리겠습니다."

싸구려 전통 의상을 입은 점원을 따라 안쪽에 있는 방으로 가는 동안 나는 15년, 15년, 15년…… 하면서, 과거와 현재를 가르는 세월의 길이를 생각했다. 열두 간지를 돌고도 우수리가 남는 세월. 그 후로 몇 번이나 지진이 발생했고, 몇 번이나 올림픽이 열렸으며, 총리가 몇 명이나 갈렸던가. 큰올케가 아이를 낳아 부모님에게 손자가 둘이나 생겼고, 할머니는 돌아가셨고, 나는 세 남자와 잠자리를 가졌다.

그렇다. 나는 이미 어깨에 책가방을 멘 소녀가 아니다. 팔에 걸고 있던 재킷을 갑옷처럼 다시 걸치고 커리어 우먼다운 영업용 미소까지 장착하고 방으로 들어선 나는, 일제히 돌아보는 눈동자의 압박에 당황해 그만 여지없이 겁쟁이 열세 살 시절로 돌아가고 말았다.

"어라, 고토?"

"우와, 고토다."

"오, 고토 왔구나."

순간적으로 잠잠해졌던 술자리 여기저기서 목소리가 하나

둘 피어오른다. 죽 이어진 테이블을 둘러싼 얼굴들은 대략 스무 명 정도. 어느 얼굴이나 살짝 일그러져 보이는 것은 자의식의 산물일까. 말을 잃고 어디 앉으면 좋을지 몰라 멀거니 서 있는 나를 구제해준 것은 6학년 2반에서 같이 어울렸던 아쓰코였다.

"고토, 이리 와, 이리. 진짜 오랜만이다!"

예나 지금이나 변함없는 그 코맹맹이 소리에 긴장이 약간 풀려 그녀가 손짓하는 곳으로 다가가자, 주변에 앉은 여자들이 엉덩이를 조금씩 움직여 자리를 비워주었다. 동시에 물수건과 앞접시와 나무젓가락 세트가 저쪽에서 건너왔다. 고마워, 하고 말할 때마다 나는 그들의 얼굴에서 옛날 모습을 찾아보지만 이름이 금방 떠오르지 않는다.

"고토, 뭐 마실래?"

"아, 음, 그레이프 프루트 사워."

"오케이. 그레이프 프루트 사워 하나 부탁해요."

아쓰코의 목소리에 이어 "나도 고기 한 접시", "레드 와인 한 병" 하고 몇 명이 추가 주문을 해서 술자리가 다시 소란스러워졌다.

"고토, 잘 지냈어? 졸업하고 처음 보는 거지? 그래도 하나도 안 변했네."

"응, 아쓰코도 여전하네. 정말 오랜만인데."

“네가 안 나오니까, 반창회에. 그런데 이번에는 온다고 해서 얼마나 기대했다고.”

“미안. 시간이 잘 안 맞아서. 이렇게 많이 나올 줄 몰랐어.”

“맞아, 이번 반창회는 유난히 참석률이 높은 것 같아. 가즈가 총무 역할을 열심히 해줘서, ……아, 고토 알고 있었어? 가즈가 이케부쿠로에다 라면 가게 열었는데.”

“어, 몰랐는데. 점장이야? 대단하네.”

“그리고 미사키도 한때 잡지 모델 했었는데, 알고 있었어?”

“아, 미사키가 잡지로 전향했구나.”

“언제까지 아역 배우만 하고 있을 수는 없잖아. 하기야 뭐, 성인 잡지 모델도 만만치는 않으니까, 결국 털까지 노출했는데도 신통치 않아서 은퇴했어. 매니저였던 사람과 결혼한 것 같던데.”

“결혼했구나.”

다른 세상에 있다 온 듯한 느낌을 체감하면서 그레이프 프루트 사워로 건배를 하고 난 다음 약간 긴장이 풀리자, 이번 반창회에 누가 나왔는지 새삼스레 돌아보았다.

그가 과연 있을지 없을지. 사실 이 방에 발을 들여놓는 순간부터 내 머릿속에는 그 생각밖에 없었다.

오쿠야마 교이치. 15년 전 그의 모습을 그리면서 테이블에 둘러앉은 남자들 한 명 한 명과 얼굴을 대조한다.

아니야.

아니야.

아니야.

아니야.

아, 있다.

같은 줄 끝 쪽에서 옆자리 남자아이와 얘기하고 있다. 그 사이에 여자 넷이 앉아 있다.

어딘가 모르게 관음보살 비슷한 이마와 턱선. 남자치고는 매끄럽고 하얀 피부. 다소 묵직한 쌍꺼풀. 틀림없다, 오쿠야마가 맞다. 트레이드 마크였던 하얀 셔츠가 검은 셔츠로 바뀌었지만, 내면에서 풍겨 나오는 온화한 분위기는 변하지 않았다.

의외로 가까이 있다는 걸 아는 순간 가슴이 요란하게 뛰기 시작했다.

"고토, 지금 뭐 한다고 했더라."

테이블 건너에서 갈색 머리 남자가 말을 건네 퍼뜩 놀라서 몸을 앞으로 돌렸다.

"안정적인 일? 정직원?"

"아, 응, 음료 회사 판매부에 있어."

"오, 확실한 곳이네."

"숫자 계산만 하고 있지만."

"정직원이라는 것만으로도 좋지. 나는 '정' 자를 달아본 적로 없다고. 인가리는 없지, 아르바이트하는 데서도 열린 교육 세대라고 차별당하지, 우리, 운이 없어도 너무 없는 거 아니냐고."

마치 '정' 자에 역행하듯 눈부신 노란색 티셔츠를 입은 갈색 머리 남자—기억났다. 우유를 코로 마셨던 본초다—의 투덜거림에 "그러게 말이야", "맞는 말이다" 하고 주위에서 공감하는 목소리가 일었다.

"툭하면 원주율 3.14 배웠느냐고 하지를 않나. 3.14 정도 누가 모르느냐고요."

"세상 사람들이 열린 교육 세대라고 하니까 정말 느긋하게 열린 시대를 살았다고 생각한다니까. 학교에서 공부하는 양이 줄었지, 우리가 학원을 얼마나 많이 다녔냐."

"게다가 열린 교육의 실패작 취급이나 당하고."

"아, 그 프로그램이 도중에 중단된 것도 열린 교육의 실추와 관계 있다는 소문이 있던데, 알고 있냐?"

"어, 무슨 프로그램?"

"그 프로그램이?"

"왜? 왜?"

그 프로그램. 그 한마디에 모두의 눈빛이 확 달라졌다.

"그러니까 열린 교육이 실패로 끝나는 바람에 수업 시수가 다시 늘어나고 선생도 학생도 바빠져서 그 프로그램에 참가하는 학교가 줄어들었다는 소문."

"정말?"

"열린 교육과 함께 몰락이라……."

"그야 여유가 없으면 나갈 수 없잖아, 그 프로그램."

"그래, 연습하는 거 진짜 힘들었지. 그래도 우리 참 열심히 연습했는데. 그랬는데 본방에서 어이없게……."

"물거품."

그렇게 중얼거린 여자가 퍼뜩 놀란 듯이 내 쪽을 돌아보고는 '아차' 하는 표정을 지었다. 그러고는 단박에 얼굴을 붉히고 힘이 들어간 눈을 내리깔았다. 그리고 전염이라도 된 것처럼 여기저기서 서로 팔꿈치를 툭툭 치는 기척이 있더니 끝내는 모두가 눈을 내리깔았다.

아아, 역시. 어색한 침묵 속에서 나는 익숙한 욱신거림에 몸을 맡긴다. 아무도 잊지 않았다. 잊을 리가 없다.

오쿠야마는? 몸을 앞으로 숙이고 그의 옆얼굴을 훔쳐보았다. 예의 고요한 표정. 그런데 내 기분 탓인지 입가에 힘이 들어가 있는 듯하다.

슬금슬금 왼쪽 발목으로 손을 뻗었다. 거기에 눈에 보이지 않는 생생한 흉터가 지금도 남아 있는 것을 확인하듯.

그와 나를, 그들과 그들을, 우리 모두를 하나로 묶었던 끈의 흔적.

아직 과거로 흘리가기 않았다. 과거의 친구들과 다시 만나 그 사실을 새삼 자각한다.

그 일이 있은 후로 15년이라는 세월이 흘렀는데도, 그사이에 남자 몇 명과 잤든 이미 '남자'와 '여자'로 분류되는 나이가 아닌데도, 나는 지금도 여전히 그 끈에 묶여 있다.

처음 봤을 때부터 그 끈은 수상했다.

조회가 끝나고 담임인 마리에 선생님이 종이봉투에서 대량의 그것을 꺼내는 순간, 피할 수 없는 이물질이 6학년 2반 교실에 숨어들었다는 것을 나는 직감했다.

"선생님."

아이들은 외부에서 새어 들어오는 냄새에 민감하다. 나만 불안했던 것이 아니었다. 술렁대는 반 아이들 사이에서 한 명이 손을 번쩍 들고 질문했다.

"그게 뭐예요?"

"보다시피 끈이지."

"무슨 끈인데요?"

"발목 끈."

"발목 끈이요?"

"응. 이렇게 너희들 발과 발을 잇는 거야."

마리에 선생님은 끈 하나를 손으로 집어 들고, 그 양끝에 있는 찍찍이 테이프를 겹쳤다. 조그만 고리 모양이 된 그것은 그저 직선이었을 때보다 한층 수상했다. 교실 안이 시끌시끌해졌다.

"뭐냐, 저거?"

"선생님, 발을 왜 묶는데요?"

"묶어서 어쩌는데요?"

마리에 선생님은 여유 있게 미소 띤 표정으로, 경계심과 호기심을 드러내는 모두의 얼굴을 돌아보았다. 아직 젊고 모델처럼 다리가 길고 늘씬했던 그녀는 외모만으로도 아이들에게 높은 지지율을 자랑하고 있었다.

"묶고 뛸 거야."

"헉."

"발표합니다."

마리에 선생님은 높은 코를 천장으로 향하고 당당하게 선언했다.

"우리 6학년 2반은 30인 31각에 도전하기로 했습니다."

그 순간 진공 같은 정적이 우리를 집어삼켰다. 그리고 몇 초 후, 몸을 푹 숙였다 튀어 오르듯 교실에 폭발적인 흥분이 들끓었다.

"뭐라고요?"

"정말이요?"

"우리가요?"

"그 프로그램에?"

"왜요, 왜요, 왜요?"

"선생님, 제정신이에요?"

초등학생 서른 명이 서로 발목을 묶고 한 줄로 서서 50미터 달리기를 하는 '30인 31각'. 모 텔레비전 방송국에서 참가 팀을 모집하고, 연습에서 시합에 이르는 과정을 다큐멘터리식으로 좇는 그 프로그램은 시작된 지 얼마 안 되었는데도 화제를 불러 모으고 있었다. 열혈 선생의 특별 훈련. 아이들의 좌절과 극복. 땀, 우정. 성장. 그 진부하고 드라마틱한 구성도 그렇지만, 30인 31각이라는 경기 자체의 임팩트가 맞아떨어졌던 것이리라. 젊은 사람이 정열을 불태우는 대상이 무의미하면 무의미할수록 보는 이의 가슴에 순수한 감동을 준다.

"선생님, 왜 우리가 그 프로그램에 나가야 하는데요?"

"맞아. 왜 하필 우리 반이?"

너도나도 와글와글 질문을 쏟아내는데도 마리에 선생님의 대답은 간단했다.

"그 프로그램 스태프 중에 선생님 친구가 있거든. 저번에 모임이 있었는데, 좋은 추억이 될 거라면서 도전해보지 않겠느냐고 해서."

"에이, 그게 다예요?"

"술자리에서 나온 말이잖아요."

우리가 일제히 놀려댔지만 마리에 선생님은 의기양양하게 말을 계속했다.

"그래도 진짜 좋은 추억이 될 것 같지 않니? 운동회나 마라톤 대회랑은 다르잖아. 30인 31각은 인생에 딱 한 번뿐인걸. 이 기회를 놓치면 절대, 두 번 다시 기회는 오지 않아. 교장 선생님도 찬성하셨어. 그러니까 우리, 한번 해보자. 진짜 재미있을 거야."

그렇게 말하는 마리에 선생님이 가장 재미있어하는 눈치였다.

"결과가 어떻든 잊지 못할 추억이 될 거야. 6학년 2반만의 특별한 경험. 우리 반이 딱 서른 명인 것도 무슨 운명인지 모르잖아."

"무슨 운명이요?"

"30인 31각에 나갈 운명?"

"그런데 선생님, 스태프 중에 친구가 있으면 유리한 거라도 있나요?"

"아니, 조건은 다른 팀과 똑같아. 텔레비전에 나갈 수 있는 결승전까지 올라가려면 우선 지역 예선에서 우승을 해야 하고. 단, 다 이겨서 결승까지 올라가면 주목받는 팀으로 텔레비전에 더 많이 나가게 해주겠대."

델대비전. 그 한마디에 교실 분위기가 싹 바뀌었다. 교실 안에 난무하던 의문표가 느낌표로 바뀌고, 귀찮아하던 모두의 눈이 순식간에 반짝거리기 시작했다. 인터넷도 잘 보급되지 않았던 그 시절, 텔레비전은 우리의 모든 동경을 담아내는 선망의 상자였다.

"어때? 다들 텔레비전에 나가고 싶지 않니?"

"나가고 싶어요!"

"맞아요!"

"저도 나가고 싶어요!"

"저도요!"

"저도요!"

나가고 싶지 않아요. 소수의 의견은 반영되지 않았다. 이렇게 해서 허망하게 6학년 2반의 참전이 결정되고 말았다. 4개월 후 열릴 지역 예선을 향해 총력을 다해야 하는 일대 이벤트가 막을 올린 것이다.

"예선에서 이기려면 무조건 연습. 첫째도 둘째도 연습이야."

긴 머리를 하나로 묶고 유명 브랜드의 스포츠웨어를 차려입은 마리에 선생님의 지도하에 수업이 시작되기 전 아침 시간과 격주로 쉬는 토요일에 연습이 시행되었다. 수업이 끝난 후에는 동아리 활동이 있거나 학원에 가야 해서 다들 피하려 했고, 일요일은 학원과 공개 테스트 등으로 학부형들이 꺼려

했기 때문이다.

모두의 상황을 고려했음에도 처음 한동안은 아이들이 정해진 시간에 오지 않거나 아예 나오지 않는 등 참여율이 저조했다. 겨우 모였다 싶으면 쑥스러워 '누구누구와는 발을 묶고 싶지 않다', '누구누구의 옆은 싫다' 하고 반발하는 일이 많았고, 자칫 치고받고 싸우는 일도 있었다. 발목을 끈 하나로 묶는 것조차 마음 같지 않았다.

"잘 들어. 이건 우리의 발이 아니라 마음을 하나로 묶는 끈이야. 모두의 마음이 제각각이면 텔레비전에는 나갈 수 없을 거야."

마리에 선생님이 역경에도 굴하지 않고 고군분투한 끝에 간신히 뛰는 단계에 이르렀나 싶으면, 이번에는 운동장을 서로 차지하려는 야구부나 축구부와 옥신각신. 서른 명이 한 줄로 나란히 서서 뛰어야 하니 어떻게 해도 공간을 차지한다.

연습할 곳이 없었다. 그러나 이 문제는 여름방학 중에 한 학부형이 시청과 담판을 벌여, 시에서 운영하는 운동장을 사용할 수 있도록 허가를 받아낸 덕에 해결되었다. 일부 엄마들이 시원한 음료수를 준비해주는가 하면, 연습하는 모습을 비디오에 담는 등 적극적으로 응원에 나선 것도 그 무렵부터였다.

부모들보다 한발 늦게 당사자들이 작정하고 나서게 된 것은 여름방학이 끝나고 마리에 선생님의 '친구'를 포함한 방송국 사람들이 우리가 연습하는 광경을 촬영하기 위해 학교를 찾았을 때부터였다. 처음 경험하는 텔레비전 카메라. 처음 경험하는 인터뷰. 특히 카메라는 '열혈 미인 여교사' 마리에 선생님과 '울보 주장' 하카타에게 집요하게 따라붙었다. 나머지는 그밖의 다수에 지나지 않았지만, 그래도 이 비일상적인 사건은 모두의 사기를 한없이 드높였다. 만약 예선에서 지면 애써 찍은 필름도 창고에서 썩게 된다.

"야, 우리 예선에서 꼭 이기자!"

"결승까지 올라가서 텔레비전에 나가는 거다!"

"무슨 일이 있어도 결승 진출!"

"아싸!"

학생들이 흥분하면 선생님도 흥분했다. 10월에 있을 예선이 다가올수록 마리에 선생님은 지도에 열을 올렸다. 이제 연습 시간에 늦을 수 있는 분위기가 아니었다. 마침내 수업이 끝난 다음과 일요일 연습까지 가능하게 되었고, 6학년 2반은 하나로 똘똘 뭉쳐 혼신의 힘을 다해 마지막 스퍼트에 돌입했다.

물론 서른 명의 마음이 진짜로 하나가 된 것은 아니었다.

어느 반에나 반드시 짐짝은 있다. 모두가 속도를 올릴수록 따라가지 못해 뒤처지는 '깍두기'가.

그게 바로 나였다.

"그러고 보니까 말이야."

아쓰코가 그 이름을 말한 것은, 내가 두 잔째 그레이프 프루트 사워로 목을 촉촉하게 축여 말수가 꽤나 많아졌을 무렵이었다.

"마리에 선생님, 지금 어떻게 지내고 있을까?"

마리에 선생님. 따끔한 아픔이 가슴을 관통한다. 아아, 아직도 아픈 거야. 그렇게 나는 소리 없이 탄식했다.

"그러게. 어떻게 지내고 계시나 모르겠다."

"상상이 안 돼. 우리도 제각각 상상도 못한 인생을 살고 있지만 마리에 선생님이야말로 엉뚱했잖아."

"누구 연락되는 사람 없어?"

"없는 것 같아. 졸업하고 한동안은 나도 연하장을 주고받았는데, 도중에 답장이 끊겨서. 우리 애 돌잔치 때 사진 보낸 게 마지막이었어."

아이들 사진이 박힌 연하장에 싫증이 난 것일까, 아니면 퇴직한 후에도 계속 선생이라는 것에 권태로움을 느꼈을까. 초등학교 시절 담임의 심중을 헤아려보면서 나는 잔 바닥에 고인 과일 알갱이를 휘저었다.

"쌍둥이도 많이 컸겠지."

마리에 선생님은 결혼하고 쌍둥이를 임신하자 교직 생활을 그만두었다. 내가 들려오는 소문으로 그 사실을 안 것은 중학교 2학년 때 봄이었다.

그렇다. 우리가 졸업한 지 겨우 1년 만에 마리에 선생님은 엄마가 되기 위해 교단에서 내려왔다. 게다가 결혼 상대는 그 프로그램의 전 스태프라는 결말에, 당시 나는 거의 속이 울렁거릴 지경이었다.

그러니까 마리에 선생님은 원래부터 그 프로그램 스태프와 사귀고 있었던 걸까. 그래서 그의 부탁으로 프로그램에 참가하기로 결정했던 것일까. 아니면 프로그램에 참가한 것을 계기로 사랑이 싹텄을까.

혹시 날이면 날마다 연습에 매진했던 그 무렵에 이미 그와 결혼하기로 정해져 있었을까? 그렇다면 마리에 선생님이 입버릇처럼 '추억 만들기'라고 말했던 것은 자신의 교직 생활을 위해서였다고도 할 수 있다.

햇볕이 쨍쨍 내리쬐든 부슬비가 내리든 땀을 비처럼 쏟으며 뛰었던 그 분투의 나날 뒤에는 어른의 이기적인 사정이 있었다. 또는 남자와 여자의 사랑이. 그런 가정은, 안 그래도 끔찍한 나의 과거에 흙탕을 칠하고 트라우마에 소금을 뿌렸다.

"결국 마리에 선생님도 한 여자였던 거지. 연애도 하고, 섹스도 하고, 임신도 하는……. 게다가 쌍둥이라는 것도 무슨 일에든 과도했던 그 선생님답지 않냐. 지금 생각해보면. 그래도 그때는 좀 충격이었어."

옛날에는 단발머리였는데 지금은 구불구불 우아하게 컬을 한 아쓰코가 실감 나게 중얼거리고는 옷이 두툼한 닭튀김을 입에 물었다.

"충격?"

"응. 난 선생님은 그 모습 그대로일 거라고 생각했거든. 이제 우리 담임 선생님은 아니지만, 앞으로도 평생 선생님으로 있어 줄 거라고. 그런데 졸업한 지 1년 만에 남편에게 빼앗겼잖아."

"흐음."

"그렇게 예쁜 사람이 미련 없이 결혼하고 쌍둥이의 엄마가 되었다는 게 정말 정말 의외였어."

"에이, 아니지."

그때 아쓰코 오른쪽 옆에서 누가 이의를 제기했다.

길쭉한 얼굴이 골프 때문에 까맣게 탄 듯 보이는 남자. 목소리가 달라져 잠시 혼란스러웠지만 자세히 보니 구레나룻이 유난히 길었던 우치다였다.

"진짜 의외인 사람은 오쿠야마야."

내 젓가락에서 열빙어가 앞접시로 툭 떨어졌다.

오쿠야마.

"오호, 맞다. 오쿠야마도 유력 후보지."

"어, 왜?"

"아, 그렇구나, 고토는 모르겠네. 오쿠야마, 요즘에 텔레비전에 자주 나와. 그것도 브래드 피트나 레이디 가가, 총리대신 같은 사람이랑!"

"우와, 오쿠야마가 셀럽이 된 거야?"

"그게 아니라 셀럽의 경호원."

"정식 명칭은 경시청 경비부 경호과 요원."

우치다 말에 따르면, 대학을 졸업한 후 경찰관의 길로 들어선 오쿠야마가 2년 전에 경호과로 발령이 났는데, 요즘에는 주요 인사의 경호를 도맡고 있다는 것이었다.

"오쿠야마가 경호원이라고."

정말 의외여서 놀라는 한편 나는 오쿠야마의 각진 어깨선을 훔쳐보았다. 자신이 화제에 올랐다는 것을 아는지 모르는지. 넌지시 이쪽을 의식하고 있는 듯 보이기도 한다.

"게다가 한 아이의 아빠."

"뭐? 결혼했어?"

"그래. 남자들 중에서 가장 빨랐어. 상대는 여경. 그 점은 별로 의외도 아니지만. 오쿠야마답게 정도를 걸은 거지."

직장 동료와 결혼해 스물일곱 살에 한 아이의 아빠. 아닌 게 아니라 같은 세대 남자 중에서는 빨리 자리를 잡았다. 깔끔한 선택. 아무리 모래 범벅을 하고 돌아가도 다음 날에는 반드시 새하얀 체육복을 입고 있던 오쿠야마답다는 생각도 든다.

"고토, 역시 신경 쓰이는 거니? 오쿠야마의 전 파트너로서."

혀가 잘 돌아가지 않는 목소리로 아쓰코가 말하고는 바로 "앗!" 하면서 손바닥으로 입을 덮었다.

"아니, 아니야. 아무것도 아니야. 미안."

허둥대는 그녀를 우치다가 은근한 목소리로 다그친다.

"야, 무슨 헛소리야. 취했어?"

부자연스럽게 고개 숙이는 둘에게 불편함을 느끼면서도 나는 지금이 기회라고 생각했다.

그 얘기를 꺼내려면 바로 지금이다. 지금을 놓치면 다시는 말할 수 없다. 오늘 이 자리에 온 의미가 없어진다.

"저…… 얘들아, 저 있지."

이 순간을 위해 사워를 두 잔만 마셨다. 자신의 머리가 멀쩡하다는 것을 확인하면서 나는 두 사람 쪽으로 몸을 틀었다.

"나, 오늘, 너희들이 가르쳐줬으면 하는 게 있어서 왔어."

서른 명이 옆으로 나란히 설 때 발이 빠른 사람과 느린 사람을 번갈아 배치한다. 마리에 선생님이 그런 전략을 세운 것은 지역 예선이 앞으로 딱 3주 남았을 때였다.

모두의 발이 가지런하지 않으면 뛸 때 똑바른 한 줄이 되지 못하고 V자로 꺾이거나 W자처럼 들쭉날쭉해진다. 자칫 잘못하면 줄 자체가 무너질 수도 있다. 발이 빠른 사람과 느린 사람을 차례차례 배치해 각각의 속도 차이는 최대한 줄이고 전체이 속도는 규일하게 맞추자는 계산이었다.

"다들 혼자서만 빨리 뛰려고 하지 말고 옆에 있는 친구와 보조를 맞춰야 한다는 걸 명심해. 전원이 옆 친구와 보조를 맞춰서 뛰면 줄은 절대 흐트러지지 않을 거야. 그게 승리의 열쇠야. 30인 31각, 끝까지 그렇게 뛰는 팀이 좋은 기록을 올릴 수 있어. 튀는 한 사람은 필요 없어. 알겠지?"

마리에 선생님의 그러한 지론하에 반에서 발이 가장 빠른 오쿠야마 옆에 발이 가장 느린 내가 서게 되었다. 그리고 늘 줄을 삐뚤게 하는 나를 오른쪽 끝에 세워 줄이 무너지는 위험부담을 최대한 줄였다. 그 덕분에 나는 오른쪽이나마 자유를 얻었고, 조금이나마 편하게 뛸 수 있게 되었으니 의도는 나쁘지 않았다고 생각한다.

딱한 쪽은 귀찮은 짐짝을 책임지게 된 오쿠야마였다.

"오쿠야마, 고토를 최대한 이끌어야 해. 넘어질 것 같으면 잡아주고. 오쿠야마와 고토 둘이서 2인 3각. 즉 한 몸인 거야."

굼벵이처럼 느려터진 여자애와 일심동체라니, 누굴 놀리는 거야. 보통 남자애 같으면 그렇게 대놓고 반발했을 것이다. 그러나 오쿠야마는 그 이마와 턱선이 말해주듯 관음보살처럼 마음씨 고운 아이였다. 누구에게나 친절하고 다들 싫어하는 일도 기꺼이 맡아 했다. '늘 쓰레기통을 소각로로 가져가는 아이'라는 인상이 강했다. 그런 아이였기에 마리에 선생님도 힘든 과제를 준 것이고, 그런 그였기에 속마음은 어땠는지 몰라도 두말 없이 나를 맡았을 것이다.

마리에 선생님의 전략은 딱 맞아떨어졌다. 나는 하루에도 몇 번은 옆 친구에게 끌려가다 넘어져 연습을 중단시켰는데, 오쿠야마 옆에 선 후로는 무릎이 까지는 일이 줄어들었다. 그가 내 속도에 보조를 맞춰주었기 때문이었다. 그런데도 내가 넘어지면, 마치 자기가 걷어차서 넘어지기라도 한 것처럼 정말 미안하다는 눈빛으로 "미안하다" 하며 내 손을 잡아 일으켜주었다.

"오홋. 오쿠야마, 뜨거운데!"

"야, 공주님 안아줘야지!"

유치한 남자애들이 그렇게 놀려대도 오쿠야마는 기죽지 않았다. 내가 넘어질 때마다 자기 책임인 것처럼, 모두가 "뭐 하는 거야, 오쿠야마", "달링, 정신 똑바로 차려" 하면서 비난해도 오쿠야마는 화내지 않았다. 그런 일이 몇 번이나 반복될 때마다 그의 선량함이 오히려 나를 괴롭혔다.

그 누구보다 빨리 뛸 수 있는 오쿠야마에게 내가 걸림돌이 되고 있다는 것. 연습 때마다 짜증 나는 일을 만들고 있다는 것. 그가 내게 관대하게 구는 만큼 나는 자신의 한심함이 뼈에 사무쳤다.

한번은 마음을 굳히고 마리에 선생님에게 나를 빼달라고 청했다. 예선에 이기기 위해서는 나를 빼고 다른 반 아이를 대타로 써달라고.

마리에 선생님은 한마디로 일축했다.

"이건 6학년 2반의 추억을 만들기 위해서 하는 거야. 누구 하나라도 빠지면 그건 2반의 추억이 아니잖아."

그런 추억 따위 나는 필요 없다. 한 번도 원한 적이 없다. 마음속으로는 그렇게 반발했지만, 나는 그런 속마음을 어른에게 과감하게 얘기할 수 있을 만큼 강한 아이가 아니었다.

연습을 포기할 배짱도 없었던 나는 결국 그 후에도 줄의 오른쪽 제일 끝에 섰다. 하루하루 열기를 더해가는 반 아이들 속에서, 나 혼자 예선이 하루빨리 끝나기를 기도했다. 혹시라도 결승에 진출하는 일은 절대 없기를 빌었다. 추억 따위는 충분하니까. 텔레비전은 보기만 해도 되니까. 원래 생활로 돌아가고 싶었다. 2인 3각이 아니라 1인 2각인 일상으로.

그리고 마침내 결전의 날. 10월의 어느 일요일, 시영 경기장에서 30인 31각 예선전이 열렸다.

잊고 싶어 잊었는지, 충격으로 기억이 날아갔는지. 어느 쪽인지는 정확하지 않지만, 그날의 일을 나는 토막 난 단편으로밖에 기억하지 못한다. 광고 스킵 버튼을 계속 누르고 있는 것처럼 이 장면에서 저 장면으로 기억이 건너뛰기를 한다.

우울한 아침 해.

원망스러울 정도로 파란 하늘.

전철.

모두의 들뜬 표정.

평소보다 짙게 화장하고 응원 나온 엄마들.

그리고 한결 빛나 보이는 마리에 선생님.

드넓은 경기장.

프로그램 현수막.

텔레비전 카메라.

스탠드에서 와글거리는 상대 팀.

엇갈리면서 불똥이 튀는 시선.

모든 팀이 우리 팀보다 강해 보였다.

스탠드에서 날아드는 함성.

출발 신호.

빠른 팀. 느린 팀.

한 아이만 넘어져도 어이없이 흐트러지는 서른 명의 줄.

울려 퍼지는 비명과 환성.

응원단의 절규.

시시각각 다가오는 차례.

우리 반을 부르는 방송.

"다들 침착하게 해. 연습했던 대로 하는 거다."

흥분한 마리에 선생님의 목소리.

출전.

왜 그랬는지, 모두들 이길 거라고 믿었다.

툭툭 뛰는 가슴.

정렬. 그리고 합체.

우리를 '30인'에서 '31각'으로 변신케 하는 끈.

"우리 자신을 믿고 힘내자!"

뛰기 전 거의 울상이었던 주장 하카타.

골인 지점에서 어지럽게 반짝거리는 햇살.

눈앞이 어른거릴 만큼 하얀 빛.

천국처럼 야만적인 햇살.

탕!

출발을 알리는 총소리.

한 줄로 나란히 뛰기 시작했다.

순조로웠다.

이렇게, 죽.

정신없이 뛰었다.

앞으로, 앞으로, 온 힘을 다해서.

빠르다.

오늘의 나는 빠르다.

너무 빨랐다.

절반을 남긴 지점에서 발이 멈췄다.

근육이 저려왔다.

무릎이 비틀렸다.

이제 움직일 수 없다.

한계.

다시 속도를 낼 여력은 어디에도 없었다.

내 상태를 알아차리지 못한 채 왼쪽에서 뛰던 오쿠야마가 한 발을 앞으로 내밀었다.

얽힌 팔과 팔이 떨어졌다.

기다려, 오쿠야마.

팔에 신경 쓰느라 발을 미처 내밀지 못했다.

오른쪽 무릎에서 힘이 쭉 빠졌다.

휘청, 세계가 기울었다.

왼쪽 발목의 끈의 풀어지고, 몸이 땅으로 와르르 무너졌다.

오쿠야마의 발과 내 발이 떨어졌다.

토막토막 이어지는 기억 속에서, 가장 기억하고 싶지 않은 그 장면이 아이러니하게도 가장 길고 치밀하게 눈에 각인되어 있다.

줄이 무참하게 끊겼다. 무슨 일이 생긴 거지, 하는 듯 두세 걸음 앞에서 오쿠야마가 돌아보았다. 그리고 이어서 그 옆의 남자애, 또 그 옆의 여자애, 앞으로 고꾸라지는 물결이 왼쪽으

도 왼쪽으로 퍼져나간다

운동장에 널브러진 나를 지켜보는 오쿠먀아의 얼굴에는 표정이 없었다. 늘 친절한 눈빛으로 미안하다고 하면서 내밀던 손도 없었다. 그는 그저 그림자처럼 평평하게 서 있을 뿐이었다. 아무 말도 하지 않는다. 그 부동이, 그 침묵이 나를 비난하는 것만 같아 나는 동요하고 말았다.

사라지고 싶다. 이 세상에서 없어져버리고 싶다.

그러나 그건 안 될 일이었다. 배터리가 나간 것처럼 꼼짝 않는 오쿠야마를 대신해 속이 부글부글 끓는 모두가 난리를 피워댔다.

"고토, 일어나."

"빨리 일어나, 고토."

"마지막까지 힘내자."

"파이팅!"

이미 승산은 없었다. 결승 진출이라는 희망은 사라졌다. 텔레비전 출연도 물거품이 되었다. 그런데도 최소한 골인이라도 하자는 모두의 목소리를 무시할 수 없어, 나는 쥐꼬리만큼 남은 힘을 쥐어짜 땅속 깊이 파묻힌 것처럼 무거운 몸을 일으켰다.

모두의 목소리에 퍼뜩 정신을 차린 듯 오쿠야마도 다시 움직이기 시작했다. 그리고 어색한 손놀림으로 우리 발목에 끈을 묶었다.

다시 한 번 합체. 그러나 다시 얽힌 팔은 어딘가 모르게 어색했다.

"끝까지 파이팅! 렛츠 고, 2반!"

하카타의 울먹이는 소리를 신호로, 다시 옆으로 정렬한 31각이 뛰기 시작했다.

거의 자포자기에 가까운 하나 둘, 하나 둘.

스탠드에서는 연민 어린 박수.

골인 지점에서 기다리는 마리에 선생님의 비장한 응원.

골인한 후 무릎에서 피가 나는 나를 보건 위원이 얼른 양호실로 데리고 가준 것이 그나마 불행 중 다행이었다. 서로 부둥켜안고 우는 아이. 땅바닥에 주저앉은 아이. 말없이 숨만 몰아쉬는 아이. 그 자리에 있기가 견딜 수 없어 사라지는 것은 가능했다. 그러나 양호실에서 상처에 소독을 받는 동안에도 결승 진출의 꿈이 수포로 돌아가 한탄하는 아이들의 실망은 나를 괴롭혔다. 어떤 얼굴로 돌아가면 좋을까. 어떻게 보상하면 좋을까. 차라리 전학을 하고 싶었다. 그런데.

약 20분 후 무릎에 거즈를 붙이고 스탠드 한 모퉁이로 돌아가자, 어떻게 된 일인지 분위기가 싹 바뀌어 있었다.

대체 무슨 일이 있었던 것일까.

조금 전까지 통곡한 게 거짓말이었던 것처럼 6학년 2반 모

누가 선실 아무 일도 없었다는 듯이 평소의 표정으로 돌아가 있었다. 울기는커녕 오히려 "즐거웠어", "할 만큼 다 했어", "좋은 추억이 될 것 같아" 하고 긍정적인 말을 주고받고 있었다. 나의 실수는 없었던 일이 되었는지 아무도 뭐라고 하지 않았다. 마치 내가 넘어진 장면만 콕 집어 삭제한 것처럼.

"고토, 수고했어. 멋진 추억 만들어줘서 고마워."

마리에 선생님이 그렇게 말하고 악수를 청했을 때 나는, 이 사람, 이라고 직감했다.

내가 없는 동안 그녀가 모두를 설득한 것이다.

고토를 비난하지 말 것.

고토가 넘어진 얘기도 하지 말 것.

고토의 실수는 다 잊고 '좋은 추억'으로만 기억할 것.

나는 손을 등 뒤로 돌린 채 마리에 선생님의 얼굴을 외면했다. 솔직히 모두가 나를 비난했다면 소심한 나는 틀림없이 학교에 가지 않았을 것이다. 그러나 당시의 나는 삐딱한 마음에, 차라리 비난해줬으면 좋겠다고 생각했다. 6학년 2반의 '좋은 추억'을 지키기 위해 나라는 부정적인 요소를 배제한다. 기억에서 몰아내고 뚜껑을 닫아버리는 마리에 선생님의 방식에, 모두의 거짓된 밝음에 상처 입었다.

유일하게 내가 넘어진 것이 환영이 아니었다는 것을 증명해준 사람은, 어이없게도 태도가 돌변한 오쿠야마였다.

마지막 3주를 앞두고 연습하는 내내 언제나 둘이서 3각이었다. 나의 왼쪽 발목과 그의 오른쪽 발목이 늘 이어져 있었다. 내가 넘어지면 손을 내밀어 일으켜주었다. 격려해주기도 했다. 그런데 마지막 순간에 그는 나를 내쳤다.

그뿐 아니라 예선에서 패한 그날 이후로 그는 아무도 눈치채지 못할 만큼 자연스럽게 나를 피했다. 눈길이 마주치면 피한다. 내가 다가가면 등을 돌린다. 착실한 아이들이 흔히 그러듯 오쿠야마는 나를 자신의 시야에서 단호하게 몰아내기로 한 것이었다.

결국 그 후로는 말 한마디 제대로 나누지 못한 채 초등학교를 졸업했다.

반 아이들 대부분이 진학한 공립 중학교를 피해 아는 얼굴 하나 없는 사립 중학교에 입학했을 때, 나는 그제야 겨우 내 두 발로 다시 걷게 된 기분이었다. 새로운 학교. 새로운 반 아이들. 이제 더는 반 친구들을 부담스럽게 느끼지 않아도 된다. 오쿠야마의 싸늘한 등에, 절대 마주치려 하지 않는 그 눈길에 매번 마음 상하지 않아도 된다. 나도 새롭게 처음부터 다시 시작할 수 있다. 그렇게 생각했다.

어린 시절의 특수한 경험이 얼마나 사람을 옥죄는지를 당시의 나는 미처 몰랐다.

"나, 오늘 궁금한 게 있어서 나왔어. 너희들이 가르쳐줬으면 해."

술자리가 점차 어수선해지고, 집이 멀어 일찍 빠져나간 친구들과 화장실에 틀어박힌 친구들 때문에 빈자리가 눈에 띄기 시작했다. 갑자기 내가 자세를 바로 하자 아쓰코와 우치다가 당황한 눈빛을 보였다.

"그 예선 치르던 날 말인데."

"예선?"

"그날…… 그때 내가 넘어져서, 그래서 졌잖아. 그다음에는 양호실에 갔고."

"아…… 그래, 그랬지."

"호, 그랬나?"

내 눈을 보지 않는 두 사람의 목소리가 겹쳤다. 아쓰코는 이제 사워 잔을 들지 않고 우치다도 거품이 꺼져가는 맥주를 그대로 내버려두고 있다.

"그사이에 무슨 일이 있었니?"

"무슨 일?"

"양호실에서 스탠드로 돌아와보니까 갑자기 분위기가 달라져 있었어. 너희들 울고불고 야단이었는데, 갔다 오니까 다들 명랑하고 분위기가 좀 이상했는데……. 나, 그때 그 느낌이 지금까지도 잊히지 않아서."

"그 느낌?"

"무슨 일 있었던 거 맞지?"

아쓰코와 우치다가 이마를 맞대고 눈과 눈으로 무언가를 의논한다.

그리고 입을 연 쪽은 우치다였다.

"아니 그게, 무슨 일이 있었다고 할 정도는 아니고."

"그래도 있었던 건 맞지?"

"응, 뭐."

"말해줘."

"아니 그게…… 말하기가, 좀 그런데."

"괜찮아. 말해봐."

엉덩이를 움찔거리던 우치다가 물수건을 집었다가 괜히 뒤 집었다.

"결승전 진출이 날아갔을 때, 그때 우리도 아직 어렸으니까 아무래도 분해서 막 울고 그랬거든."

"응."

"네 앞에서 이런 말 하기가 좀 그런데."

"괜찮아. 울었다는 건 아니까."

"거의 전원이 울었어."

"응."

"다들 좀처럼 울음을 그치지 않아서. 그리고 그중에는, 저,

말하기가 진짜 뭐한데……."

"말해봐."

"네가 넘어져서 그랬다고 하는 애도 있었어."

"응."

"또 네가 넘어진 건 오쿠야마 탓이라고 하는 애도 있었고. 누가 너무 앞서 나갔다느니, 누구는 뒤처졌다느니, 누구는 끈을 잘못 묶었다느니, 아무튼 다들. 그래서 분위기가 영 엉망이었어. 그랬는데……."

"그랬는데?"

"그게……."

우물쭈물거리며 말을 똑바로 못하는 우치다 옆에서, 속이 터진 아쓰코가 끼어들었다.

"그랬더니 마리에 선생님이 갑자기 엉엉 우는 거야. 우리보다 훨씬 더 크게, 마치 발작을 일으킨 것처럼."

"뭐?"

마리에 선생님이?

"지금 여기서 이렇게 싸우면 6학년 2반의 추억 만들기가 헛수고가 된다고, 마리에 선생님이 정말 엉엉, 얼마나 우는지. 자기도 슬프고 분하지만, 그래도 웃는 얼굴로 끝내지 않으면 좋은 추억으로 남지 않는다고 하면서 말이야. 어른이 그렇게 우는 건 다들 처음 봐서 깜짝 놀랐어. 겁도 나고. 그래서 우리가 울음을 뚝 그쳤어. 완전히 뚝. 정말 찬물을 끼얹은 것처럼."

"그래, 그랬던 거야."

우치다가 옆에서 기운차게 쑥 끼어들었다.

"선생님이 그렇게 엉엉 우니까 우리가 마냥 울고 있을 수만은 없잖아. 그래서 허둥지둥 눈물을 닦고, 졌지만 마지막까지 열심히 했으니까 됐다, 정말 좋은 추억이 될 것 같다, 꿈이 있어서 좋았다, 그렇게 다 같이 말했어. 엄마들도 합세해서, 너희들 덕분에 즐거웠다, 감동이었다, 고마웠다, 고마웠다, 하고 합창을 하고."

"그러고 보니까 카메라가 그런 우리 모습을 찍고 있잖아. 그래서 선생님도 겨우 울음을 그쳤어. 마스카라 번졌으니까 지금 모습은 편집해달라는 말도 하고."

"……"

어이가 없어서 말이 안 나왔다. 내가 양호실에 있는 동안 설마 그런 일이 있었을 줄이야.

머릿속이 정리가 안 되었다. 꼬리에 꼬리를 물고 부풀었던 상상과는 너무도 다르다.

"난 마리에 선생님이 너희들에게 그렇게 말한 줄 알았어. 내가 넘어진 일에 대해 말하지 말라고, 나쁜 일은 다 잊어버리라고."

"아니, 전혀 아니야."

옛날처럼 도토리 같은 눈망울을 하고 아쓰코가 고개를 저었다.

"하기야 부정적인 말을 하면 마리에 선생님이 또 울지 않을까 하는 두려움은 있었지만. 그래도 우리 나름대로 네가 걱정되어서 그냥 가만히 내버려두자고 생각했었어."

"나 때문에 졌는데?"

"그게 너 때문이 아니라니까. 그날 다들 흥분해서 너무 빨리 뛰는 바람에 균형이 무너졌던 거야. 그러니까 우리 모두의 실수지."

"그것도 그렇지만 애당초 우승한 팀의 기록을 보니까 우리랑은 완전히 수준이 다르더라고. 메이저리그와 소년야구 격이었어. 결승 진출은 애당초 말도 안 되는 꿈이었던 거지."

우치다가 그렇게 시원스럽게 말하고는 거품이 다 꺼진 맥주를 벌컥 들이켰다.

"뭐 난 그 예쁜 리포터에게 사인 받았으니 그거 하나로도 대만족이었어. 연예인을 본 것도 난생처음이었고."

"그래, 나도 사인 받았는데. 그거 어쨌더라."

짙게 분장한 어른을 처음 보았다. 돌아가는 길에 엄마들이 다코야키를 사줬다. 그다음 텔레비전 방송에 마리에 선생님이 통곡하는 장면이 편집 없이 그대로 방영되었다. 내 뒤통수도 0.5초 동안 나왔다. 점차 경쾌해지는 둘의 대화를 들으면서 나는 지난 15년 동안 가슴에 꼭꼭 품고 있던 응어리를 어떻게 수습하면 좋을지 몰라 멍하니 눈만 껌벅거렸다.

뭐야. 그 사건이 마리에 선생님의 의도와는 상관없이 정말 모두에게 '좋은 추억'으로 남았던 거잖아. 패배의 아픔 따위는 그 자리에서 바로 극복했고, 어린 시절의 둘도 없는 소중한 경험으로 승화시켰잖아. 그 아픔을 아직도 질질 끌고 있는 사람은 넘어진 당사자뿐이었던 거잖아.

그 패배가 그들에게 상처가 되지 않아 다행이었다. 그런 안도감을 느끼는 한편, 15년 동안 자신을 자책했던 원인조차 제대로 알지 못했다는, 뭐라 말할 수 없는 허망함이 번져갔다.

"난 그때 30인 31각, 미팅할 때마다 얼마나 신나게 써먹었다고. 그 프로그램에 나간 적이 있다고 하면 확실하게 반응이 오니까 얘깃거리로 그만이었어."

"나도! 미팅 때 그 얘기 했더니 인력 비행기 대회에 나갔다는 사람이 있지 뭐야. 얘기가 얼마나 착착 잘 맞는지, 의기투합하는 바람에 몇 차까지 갔는지 몰라. 역시 사람은 한두 가지 얘깃거리는 있어야 한다니까. 어린 시절의 특별한 텔레비전 출연 경험."

"본초는 이력서에도 썼대. 30인 31각 예선 대회 출전이라고."

"취직 활동에도 활용했단 말이야? 대단하네."

"뭐 지금은 별 효과 없는 것 같지만."

싱치를 입기는커녕 어떤 유의 후장으로 훌륭하게 활용하고 있는 듯한 모두의 다부진 모습에 나는 맥이 쭉 빠지는 선을 넘어 웃음이 나왔다.

"뭐였나 모르겠네."

"응? 뭐가?"

"아니, 술 더 마시자."

"그래, 그래. 마셔, 마셔."

"그래, 고토. 마시고 훌훌 털어버리자!"

"여기요! 여기요!"

둘이 부추기는 바람에 한 잔을 더 주문했지만, 약간 쌉싸름한 세 잔째 그레이프 프루트 사워는 결국 삼 분의 일 정도만 찔끔거리다 말았다.

나 외에 또 한 사람, 그날 일을 웃으면서 얘기할 수 없는 사람이 있다.

중요한 용건이 아직 남아 있었다.

"오쿠야마."

방 앞에서 기다렸다가, 돌아온 오쿠야마를 붙잡은 것은 음료 무한 리필 시간이 끝나기 15분 전이었다. 빨리, 빨리, 하고 자신을 재촉하면서도 좀처럼 마음을 굳히지 못해, 그가 화장실에 가기 위해 일어나 나갔을 때에야, 마지막 기회다 하고 무거운 엉덩이를 겨우 들었다.

"아······."

당황한 기색으로 걸음을 멈춘 오쿠야마는 눈이 멀겋지도 않고, 이마에도 붉은 기가 없었다. 어른답게 마신 모양이다.

"저, 잠깐 얘기 좀 할 수 있을까?"

높아지는 목소리를 겨우겨우 억누르면서 말했다. 최대한 자연스럽게, 다른 친구들처럼 가볍게. 하지만 할 말은 하고 돌아가자.

"아, 응. 그럼."

눈을 빠르게 깜박거리면서도 오쿠야마는 고개를 끄덕였다.

우리는 나란히 밖으로 나갔다. 가게 안에서는 친구들의 시선이 거슬려 침착해질 수 없다. 앞서 유리문을 열려던 오쿠야마가 문턱이 낮은데도 내게 신경을 써주어, 그 세련된 몸짓이 그야말로 전문 경호원을 연상케 했다.

6학년 2반 교실에서 교묘하게 나를 피했던 소년은 이제 없었다. 그 역시 과거로 흘려보냈다면, 이제 와서 굳이 건드릴 필요 없이 그냥 내버려두는 편이 좋지 않을까. 갑자기 망설여졌지만 이미 늦었다.

창문으로 비치는 가게의 불빛에서 벗어나 가로등 불빛 아래서자, 올려다봐야 할 만큼 키가 큰 오쿠야마 옆에서 나는 두근거리는 가슴과 싸우며 조그맣게 심호흡을 했다. 값싸고 끈

긴힌 닭 꼬치 구이 냄새가 밤바람을 타고 코끝을 스쳤다.

"우리 6학년 때……."

가볍게, 가볍게, 가볍게. 나의 무거운 응어리를 오쿠야마에게 떠넘기지 않도록.

"넘어져서 미안했어."

웃으면서 말했다. 웃지 않고는 말할 수 없었다.

"그때 넌 언제나 내게 친절하게 대해줬는데. 연습 때도 언제나 도와줬고. 그런데 정작 중요한 때 내가 넘어져서, 그 탓에 너한테까지 폐를 끼쳤는데……. 고마웠다는 말도 미안하다는 말도 못 한 채 졸업해서, 그게 줄곧 마음에 걸렸어. 이제 다 지나간 옛날 일이지만, 너는 잊었을지도 모르지만, 나는 잊을 수가 없어서. 그래서 오늘 그 얘기를 하고, 그리고 끝내고 싶었어."

간혹 말이 막혔지만 그래도 끝까지 다 말했다. 그 후 오쿠야마의 눈에서 혼란의 불똥이 튀는 것을 보고 나는 움찔했다.

"아, 저, 미안해. 이제 와서 괜한 말을. 들어줘서 고마워. 그럼……."

그때, 할 말만 하고 자리를 피하려는 내 앞을 가로막듯 오쿠야마가 손바닥을 쑥 내밀더니 긴장한 목소리로 말했다.

"만져봐."

"응?"

"만져봐."

혈색 좋고 커다란 손바닥. 만져보라고? 무슨 뜻인지 몰라 눈으로 묻는데도 오쿠야마는 꾹 다문 입을 움직이지 않는다. 어째 말 그대로의 뜻인 듯하다.

나는 침을 꿀꺽 삼키고 떨리는 손을 내밀었다. 집게손가락과 가운뎃손가락, 두 손가락으로 살며시 눈 아래 있는 손바닥을 더듬는다. 축축했다.

"축축하지?"

"응?"

"땀이 많아, 나."

"뭐?"

"특히 긴장하면 땀을 많이 흘려."

"아……."

"지금은 이렇게 말할 수 있지만 어렸을 때는 굉장히 창피했어. 아무도 몰랐으면 했어."

말을 잃어버린 내 앞에서 하얗던 오쿠야마의 목덜미가 점점 빨갛게 물들어간다.

"그날…… 예선전을 치렀던 그날에도 내 손, 땀이 흥건했어. 몰랐어?"

오쿠야마가 그렇게 묻고 난 다음에야, 헉 하고 숨을 삼켰다. 그날 출발선에서 어깨와 어깨를 나란히 했던 순간 오쿠야마의 손비다. 편소보다 왠지 싸늘하게 느꼈던 기억은 있다. 감촉은? 기억나지 않는다. 고개를 옆으로 흔들었다.

"그럴 여유가 없었으니까."

"땀이 엄청났어. 긴장해서. 그 분위기에 압도돼서. 끈을 묶을 때도, 팔짱을 낄 때도, 옆 친구들이 알면 어쩌나 얼마나 조마조마했는지 몰라. 네가 넘어졌을 때 절정이었어. 나 때문이었어. 땀에 신경 쓰느라 정신이 없다 보니까 더 흥건해져서⋯⋯."

미안하다, 하는 비통한 목소리와 함께 오쿠야마가 고개를 푹 숙였다.

"그 젖은 손을, 도저히 너에게 내밀 수가 없었어."

"⋯⋯."

시간이 멈췄다. 그리고 그때로 돌아갔다. 15년 전 그날, 넘어진 나를 무표정하게 내려다보던 오쿠야마. 왜 몰랐을까. 그 주먹이 엄청난 땀을 움켜쥐고 있다는 걸. 늘 침착하고 온화하고 어른스러웠던 남자애가 그렇게 엄청난 중압감에 떨고 있었다니.

그래, 애였구나. 불쑥, 너무도 당연한 그 사실이 가슴으로 툭 떨어졌다. 오쿠야마도 나도, 어쩌면 마리에 선생님도, 그 무렵 모두가 아직 어린애였다.

"그 후로 나, 네 얼굴을 차마 똑바로 볼 수가 없었어. 사과할 용기도 못 내고 그대로 졸업하고 말았지. 그 일이, 뭐랄까, 계속 이 언저리에 걸려 있었어……."

이 언저리, 라면서 오쿠야마가 주먹으로 명치 부근을 툭툭 치는 순간, 나의 눈물샘이 열리면서 그의 등 뒤에 떠 있는 상현달이 부예졌다.

"그러니까 오늘, 너랑 얘기할 수 있어서 얼마나 잘됐는지 몰라. 정말 다행이야."

"오쿠야마……."

"경호를 하다 보면 그날 일이 불쑥불쑥 떠올라. 주요 인사를 경호하면 뭐해, 유명한 사람을 경호하면 뭐해. 반 친구 하나 지켜주지 못하면 그냥 바보지."

15년 동안 나와 똑같은 무게를 짊어지고 살아온 전 파트너. 그 어깨에서 간신히 힘이 빠지고, 그 시절의 관음보살 같은 미소가 돌아왔다.

나도. 눈가에 맺힌 눈물이 떨어지지 않게 애쓰면서 나는 목소리 아닌 목소리로 답했다.

"나도, 그날에 계속 얽매여왔어. 무슨 일이 있을 때마다 상처를 내 손으로 들쑤시고, 그리고 마음이 약해졌어. 어차피 나는 또 실수할 거야. 나 때문에 많은 사람들이 피해를 볼 거야. 나쁜 쪽으로만 생각하다 보니까 또 기가 죽고 소심해지고. 그 약한 마음을 전부 그날 넘어진 탓으로 돌리다 못해 결국은 약하고 겁 많은 자신을 어쩔 수 없다고 줄곧 용인해왔어."

"나도 얘기할 수 있어서 정말 다행이다. 오늘 여기 나오길 잘했어."

풀려간다. 제 손으로 꽉꽉 조여 맨 끈의 매듭이 풀려간다.

"고마워."

땅을 밟은 발의 가벼움에 휘청거리면서 처음으로 오쿠야마에게 손을 내밀었다.

"나야말로 고맙지."

다시 얽힌 손. 그것으로 충분했다. 주저 없이 악수해준 그의 축축한 손바닥에 15년 전의 진실이 담겨 있었다.

서로를 이해하기 위해 필요한 세월도 있다. 사람은 산 시간만큼 과거에서 반드시 멀어지는 것은 아니다. 시간이 흘러야 비로소 돌아갈 수 있는 장소도 있다. 맞닿은 손끝의 따스한 열기를 느끼면서 그렇게 생각했다.

술기운은 오래전에 사라졌다. 화장실에서 마음을 진정시킨 후 자리로 돌아가자, 마침 회비를 걷고 있었다.

"아, 왔다, 왔다. 고토, 화장실? 토했어? 있잖아, 회비. 피자를 추가해서 1인당 3700엔이래."

계산을 끝내고 나자 아쓰코와 우치다가 2차에 같이 가자고 했지만, 나는 사양하기로 했다.

"오늘은 이 정도로 할게. 내일 출근도 일찍 해야 하고, 전철 시간도 걱정되고."

"좋아, 알았어. 고토. 다음에는 부담 갖지 말고 나와."

"응. 그럴게."

나는 둘에게 약속했다.

"또 나올게. 몇 년 후가 될지도 모르지만 꼭 나올게."

"몇 년 후?"

"다음 달에 텍사스로 이사할 예정이야."

"텍사스……."

"결혼하게 된 사람의 집이 그쪽에서 목장을 하고 있거든. 여러 가지 일이 많았지만 결국 뒤를 잇기 위해 돌아가게 되었어. 와달라고 해서. 생활하기가 쉽지 않을 것 같아 많이 망설였는데, 죽이 되든 밥이 되든 일단 가보려고."

설마 내가 국제결혼을 하게 될 줄은 꿈에도 몰랐다. 오늘까지도 자신이 없었다. 그런데 지금의 자신 같으면 겁내지 않고 갈 수 있을 것 같다.

불끈불끈 솟는 힘에 밀려 일어나면서 "그럼 또 보자" 하고는 힘차게 돌아보았다가 둘의 놀란 눈과 마주쳤다. 몹시 놀란 표정의 전형이었다.

"카우보이의 신부…… 라고, 고토, 그, 그, 그럼."

"야, 엉뚱하기로는 대상감이네!"

등 뒤로 낯간지러운 말을 들으면서 나는 과거로부터 해방된

발을 성큼 앞으로 내밀어 한 설음 한 절음 올 새기면서 재회의
자리를 뒤로했다.

꼬리등

손님을 태운 택시를 몇 대나 보낸 후에야 겨우 빨간색 빈 차 표시등이 켜진 택시가 왔다.

새로운 해의 막이 열리기를 기다리는 거리는 어둑어둑하다. 역 앞길에 줄지어 있는 술집은 대부분 문을 일찍 닫아, 연말연시 휴업 안내 전단지를 붙인 셔터만 차가운 바람을 맞고 있다. 귀성 시즌인 도쿄는 사람이 줄어 안 그래도 휑한데, 돌아갈 장소가 없는 이는 자신이 있을 곳 하나 없는 것처럼 느껴지는 연휴 특유의 '소외감'에 마음까지 휑하다. 돌아갈 장소는커녕 어쩔 수 없는 사정 때문에 지금 막 돌아갈 방까지 잃은 나는, 택시를 조금만 더 늦게 잡았더라면 그 자리에 웅크리고 앉아 일어설 기력도 없이 새해를 기다리지 못하고 얼어버렸을지도 모른다.

생애 최악의 연말. 좋은 일은 하나도 없었던 한 해를 마무리

하기에 더없이 좋은 날이었다고도 할 수 있다. 어이없지만 그렇게 수긍하면서 나는 택시 뒷좌석에 엉덩이를 밀어 넣고, 아파트에 혼자 사는 친구의 주소지를 말했다. 기력이 있으면 걸어서 40분 정도에 갈 수 있는 거리였다.

"미타 길에서 고마자와 길로 빠지면 될까요?"

운전사는 여자였다. 긴 검은 머리를 바레트 핀으로 묶은 옆얼굴이 시원스럽다. 나보다 몇 살 많겠지만, 그래도 아직 젊다.

"그렇게 하시죠."

택시를 몰고 밤거리를 다니다 보면 위험한 일도 있을 것이다. 달리기 시작한 차 안에서 침묵이 이어지자, 나는 왠지 어색해서 자신이 안전한 인간이라는 것을 증명하듯 불필요한 말을 꺼냈다.

"올해 마지막 날이다 보니 역시 차가 많지 않군요."

"그러네요."

"이러니저러니 말이 많지만, 그래도 오늘은 다들 집에서 홍백전을 보는 걸까요."

"그렇겠죠."

"올해도 마지막 순서는 '들새 연구회'겠죠."

"글쎄요."

얘깃거리가 바닥났다.

생각해보면 이런 잡담이나 하고 있을 처지는 아니었다. 이제 곧 시작될 세례를 나는 무사히 넘길 수 있을까. 도쿄에서 언제까지 버틸 수 있을까. 앞으로 2년 후, 3년 후에는 어디서 뭘 하고 있을까. 생각할수록 명치끝이 뻐근해왔다.

곱은 손가락을 청바지에 비비면서 한숨을 내쉬었다. 그때 운전사가 말했다.

"그래도 배기가스가 적어서 그런지 요즘 도쿄 하늘이 깨끗하잖아요."

들새 연구회라는 말에는 별 반응을 보이지 않았지만, 말을 건성으로 듣는 건 아닌 듯하다.

"하늘?"

"거리에 네온사인이 많이 켜 있지 않아서 달과 별이 잘 보이고요."

"아아."

반사적으로 밤하늘을 올려다보았다가, 흐억, 하고 놀랐다. 차창 너머인데도, 아닌 게 아니라 밤하늘에 무수한 별이 밝게 빛나고 있었다. 눈에 보이는 별은 물론 보이지 않는 몇 억 줄기 광선까지 맑게 보여주고 있는 천체. 며칠 후면 둥그렇게 차오를 달도 보얀 달무리로 그 부족함을 메우고 있다.

"제법인데."

누구를 향해서인지 모를 말을 중얼거린 내게 운전사가 다시 말했다.

"설 연휴 동안 아마 계속 이럴 거예요. 날씨만 좋으면."

"네에."

"그러니까 하늘을 올려다보면 좋겠죠."

"아, 사카모토 큐도 그렇게 노래했죠. 하늘을 보며 걷자고."

또 농담을 했다가 무시당하고는, 새삼스럽게 그녀가 한 말을 곱씹어보았다. 하늘을 올려다보면 좋겠죠. 무슨 생각으로 내게 그런 말을 했을까.

하늘을 올려다보며 생각하는 사이 목적지가 시시각각 다가왔다. 빨간 신호에 걸리자 그녀가 미터기를 꺾었다. 아무래도 너무 이르다.

"저, 아직 한참 남았는데요."

"네."

"거리가 꽤 됩니다."

"네."

"역 지나서도 한참…… 더 가야 하는데."

"네."

네, 네, 하고 고개를 끄덕이면서도 그녀는 미터기에 손을 대지 않는다. 평소 택시와 거리가 먼 신분인 만큼 솔직히 고마운 일이지만, 그 속내를 알 수 없었다.

친구의 아파트에 도착한 것은 몇 분이 더 지나서였다. 500엔 가까운 거리를 공짜로 달려준 그녀에게, 나는 미안함 마음에

1000엔짜리 지폐와 500엔짜리 동전을 건넸다.

"죄송합니다. 저, 거스름은 괜찮습니다."

미터기에 표시된 액수는 1440엔. 고작 60엔인 거스름돈조차 그녀는 받으려 하지 않았다.

"새해 복 많이 받으세요."

꼼꼼하게 거스름돈을 세어 건네주는 그녀와 처음으로 눈길이 마주쳤다. 그 순간 나는 눈이 벌겋게 부어 있는 것을 보고 움찔 놀랐다. 그리고 벌겋게 핏발이 선 흰자위. 거스름돈을 받을 때 살짝 닿은 손가락도 내 손가락보다 훨씬 싸늘했다.

아아, 그렇구나. 나는 그제야 깨달았다. 무슨 일이 있었는지는 알 수 없지만, 이 사람은 지금 고통 속에 있다. 어쩌면 나보다 훨씬 곤혹스러운 사정이 있는지도 모른다. 그래서 밤하늘의 별에도, 사람의 아픔에도 민감한 것이다. 그리고 일그러진 표정을 하고 있는 내게 뭐라도 해주려 했던 것이다.

"그쪽이야말로……."

도쿄에 올라와서 처음으로, 아니 어쩌면 태어나서 처음으로 나는 상투적인 인사말이나마 진심을 담아 건넸다.

"아무쪼록 새해 복 많이 받으십시오."

이제 곧 밝아올 새해, 부디 이 사람에게 좋은 일이 있기를.

온 마음을 다해 빌었더니, 코끝이 찡해지고 바보처럼 눈물까지 핑 돌았다.

뒷좌석 문이 열린다. 왠지 발이 안 떨어지는데, 차가운 바람이 차 안으로 들어오지 않게 나는 얼른 내렸다. 차가 움직이기 직전, 이쪽을 돌아보는 얼굴이 아주 잠깐 미소를 머금은 듯이 보였다.

횅한 거리를 비추는 달빛 아래 멀어지는 꼬리등이 어둠에 녹아들 때까지, 나는 오직 그녀의 행운만을 빌었다.

아무쪼록 그녀가 정말, 정말 새해에는 복을 많이 받기를.

부디, 아무쪼록.

1

놈이 나타나 그 유치한 쇼는 끝났다. 비로소 나는 여기 있는 의미를 알았다. 태어난 의미와, 이제 곧 숨이 끊어질 의미도.

드넓고 푸른 초원에서 쫓겨나 덜컹덜컹 흔들리는 상자에 실려 옮겨졌다. 또다시 좁고 냄새나는 다른 상자로 옮겨졌다. 이제야 해방되었나 했는데, 그곳은 뚜껑 없는 거대한 상자였다. 사방을 두른 철책 너머에서 무수한 사람들이 앞다투어 얼굴을 이쪽으로 들이대고 있었다. 그리고 모래 위에는 한 남자가 이상한 천을 들고 서 있었다. 그 남자가 살짝살짝 움직일 때마다 머리 위에서 함성이 쏟아졌다. 열심히 천을 펄럭거리는 남지는 이 무래도 나를 자극하고 싶은 눈치였다. 어린애 장난이냐 싶어 어이없어하면서 슬쩍 뿔로 박았더니, 휙 나가떨어져 정신을 잃고 말았다. 헐레벌떡 뛰어온 사람들이 그 남자를 거두어 가는 동안 철책 밖에서 요란한 욕설이 날아들었다. 정말 바보짓 같아 참을 수가 없었다.

언젠가 여기 설 날이 오리라는 것은 알고 있었다. 그것은 같은 곳에서 태어난 우리 종자에게는 공통된 숙명이었다.

조상 대대로 우리를 돌봐준 사육 담당 할아버지는, 언어가 없는 우리를 대신해서 이 저주받은 운명을 한탄해주었다.

"아, 이 불쌍한 짐승들아. 인간들의 쾌락을 위해 인간과 싸워야 하는 운명을 타고난 비운의 짐승들아. 이 생의 마지막을 불태울 때 너희들이 그나마 좋은 투우사를 만날 수 있기를. 너희들이 용맹하고 명예롭게 생을 마감할 수 있도록 이끌어줄 큰 인물과 싸울 수 있기를."

그 한탄이 애수를 띠고 있는 것은, 좋은 투우사를 만날 확률이 아주 낮다는 것을 할아버지도 잘 알고 있었기 때문이리라.

어이없게 쓰러진 남자에 이어 나타난 두 번째 남자도 겁을 먹고 엉거주춤하기는 첫 번째 남자와 다르지 않았다. 그런 놈들을 상대로 어떻게 투지를 불태우라는 말인가.

쉴 새 없이 하반신을 움찔거리는 두 번째 놈은 토끼만큼이나 겁쟁이였다. 뻘건 천으로 나를 자극할 때에도 늘 일정한 거리를 두려 했다. 그런 주제에 관람석의 반응에는 지나치게 민감해서, 철책 밖에서 비난이 쏟아질 때마다 자존심이 몹시 상한 표정을 지었다.

어이, 이 사람아. 이건 당신네들 인간이 만들어낸 유쾌한 게임이잖아. 끝에는 반드시 인간이 이기는 게임이고 말이야. 웃기지도 않은 규칙을 만든 것도 당신네들이고. 그렇다면 최소한 즐거야지. 나를 즐겁게 해줘야지.

친절하게 두 발로 땅을 쾅쾅 치며 이쪽에서 먼저 싸움을 거는데도 놈은 여전히 맞서 싸우려 하지 않았다. 위험을 피하려는 잔재주로 맥 빠지게 할 뿐. 마찬가지로 맥이 빠진 인간들에게 끌려 나가듯 놈이 사라지자, 세 번째가 등장했다. 하지만 나는 이미 의욕을 싹 잃은 상태였다. 더구나 어찌 된 일인지 세 번째 놈은 말을 타고 있었다.

어째서 자기 두 발로 나와 맞서지 않는 것인가. 그 이유는 잠시 후 명백해졌다. 말의 높이와 속도를 이용해 나를 혼란스럽게 만들고, 이제 지쳤다 싶으면 그 손에 든 창을 내 등에 꽂을 속셈이었다. 교활하기 그지없다. 그러나 하고 싶은 대로 하면 될 일. 나는 저항하지 않았다. 오히려 자진해서 등을 내주었다. 마음껏 찌르고 꽂아, 조금이라도 빨리 이 생을 마감하게 해주기를 바랐다. 그런데 그놈은 내 몸을 슬쩍슬쩍 건드려 피만 흐르게 하다가 끝장을 내지 못하고 말을 탄 채 도주, 나만

홀로 거기 남았다

겁쟁이 인간들이 줄줄이 나타났다가 사라진다. 나는 분노로 몸이 타들어가는 듯했다. 참으로 유치한 쇼다. 따분하기 짝이 없다. 차라리 저 철책으로 돌진이라도 해서 스스로 목숨을 끊는 편이 기분 좋게 저세상으로 가는 길일 듯하다.

나는 될 대로 되라는 기분으로 철책을 노려보았다. 한번 시도해볼 생각이었다. 그 철책 너머에서 나타난 것이 네 번째 놈이었다.

그 탄탄한 육체를 내 눈이 포착한 순간, 휘잉 하고 바람이 신음하는 듯한 소리가 났다. 그것은 내 몸에서 나는 소리였다. 그놈이 표범처럼 군더더기 하나 없는 움직임으로 다가와 마주 섰을 때, 나는 머리를 푸르푸르 흔들고 있었다. 거의 제정신이 아니었다.

아아, 이 눈이다. 나는 이 눈을 기다리고 있었다. 이렇게 고독하고, 이렇게 고귀하며, 이렇게 오직 내 피만을 원하는 눈동자를.

그리고 전투에 돌입하자 나는 더더욱 흥분했다. 놈은 가차 없는 사투의 전문가였다. 그래서 그 몸짓은 오히려 봉사적이게까지 느껴졌다. 나를 황홀감으로 유도하는 철저하게 계산된 몸짓으로 승리를 예견토록 하는가 하면, 때로는 슬쩍 몸을 비켜 애간장을 태운다.

흥분한다. 흥분한다. 흥분한다. 놈이 손에 쥔 천이 펄럭일 때마다 나는 날뛰었다. 손끝을 움직이고, 허리를 비틀고, 스텝을 밟을 때마다 놈은 아주 손쉽게 내 본능에 불을 지피고 태우고 타고 난 재를 날리게 했다.

그는 노련한 전문가였다. 비겁한 책사가 아니었다. 목숨을 내놓고 싸우는 이들만이 알 수 있는 용감함을 지녔다. 놈은 매 순간 온몸으로 위험을 감수하고 있었다. 내가 아무리 빨리 돌진해도 놈은 절대 뒤로 물러나지 않았다. 아주 냉철하고 미묘하게 몸의 각도를 바꾸어 한 끗 차이로 죽음을 비켜갔다. 내 뿔은 수도 없이 그의 옆구리를 아슬아슬하게 스쳐 지나갔다.

올레. 올레. 올레.

조금 전까지 축 늘어져 있던 인간들의 열광에 찬 함성이 상자를 가득 메워간다.

올레. 올레. 올레.

놈이 자극할 때마다 나는 피를 끓이며 맞섰고, 비켜갈 때마다 애가 탈 정도로 갈증을 느끼며 놈을 쫓았다.

올레. 올레. 올레.

아아, 즐겁다. 유쾌해서 참을 수가 없다. 이대로 영원히 이 사내와 목숨을 겨루고 싶다.

그러나 감미로운 시간에는 한도가 있었다. 서로가 다음 움직임을 헤아리고 있는데, 나의 어떤 변화도 놓치지 않으려 부릅뜨고 있던 놈의 눈이 갑자기 애조를 띠더니 허공을 가로질렀다.

왜지? 집중력이 흐트러진 직후에 뒷다리가 휘청거렸다. 다시 곧추세우려 애쓰지만 힘이 들어가지 않는다. 아아, 그렇구나. 이제 머지않았구나. 놈에게 정신이 팔린 나머지 나는 등의 아픔을 잊고 있었다. 딱딱한 창으로 찔린 그곳에서 얼마나 많은 체액이 흘러나왔는지를 잊고 있었다.

아뿔싸. 시야가 흐려지면서 발아래로 퍼진 피의 강이 부예진다. 침에 젖은 턱이 축 처진다. 중력이 나의 자유를 빼앗는다. 점차 몸을 제어할 수 없게 된 나를, 놈은 여전히 노련하게 유도하면서 이제 그만 쉬라는 듯이 모래 위에 눕혔다. 놈의 손에 검이 전해진다. 그 검은 보나 마나 단번에 나의 급소를 관통할 것이다.

명예로운 죽음. 내게는 단 한 톨의 두려움도 없었다. 유일한 미련은 놈이었다. 이 목숨을 잃는 이상으로 놈을 잃는 아픔이 컸다.

미칠 듯한 이 집착과는 반대로 의식은 허망하게 멀어져가는데. 그때, 쳐든 검이 햇빛에 번쩍 빛났다.

"또 만나자."

분명 그렇게 들렸다. 또 만나자.

아아, 그렇지. 또 만나자. 혼이 빠져나가기 직전, 그것은 바라던 맹세가 되었다. 여기서 끝내기에는 아쉬운 이 인연. 내가 내가 아니어도, 놈이 놈이 아니어도 어디선가 다시 이어질 생에서, 또 만나자.

바라건대.

다음 생에 태어날 때는 놈과 같은 종자로 만날 수 있기를. 마지막 한순간은 물론, 길고 여유로운 삶 속에서 다시 만날 수 있기를

아무쪼록, 아무쪼록, 아무쪼록.

2

강 건너에서 처음 그 소년을 봤을 때 나도 모르게, 아, 하는 소리가 나왔다. 저쪽에 들릴 리 없는 조그만 소리였다. 그런데 소년도 이쪽을 돌아보고는, 아, 하는 듯이 눈을 깜박거렸다.

물의 흐름이 고인 곳. 스무 걸음 정도 걸으면 건널 수 있는 강을 사이에 두고, 그와 나는 마주 보고 있었다. 왜 '아!' 하는 소리를 내었는지 서로에게 물어보듯, 그 출처를 찾듯 오래도록 마주 보고 있었다. 동쪽 하늘에서 떠오르는 태양이 수면에 반사되어, 빛의 입자가 소년의 가무잡잡한 피부에 알알이 박혀

있있다.

잘 달리는 동물처럼 민첩해 보이는 소년. 우리가 '니시'라고 부르는, 강 건너 서쪽에 사는 아이들이 모두 그렇듯이 그는 고급스러운 빨간 옷을 걸치고 발에는 가죽 신발을 신고 있었다. 내가 먼저 눈길을 돌린 것은, 모래에 묻힌 내 맨발이 부끄러워진 탓이었다.

여전히 쫓아오는 시선에 가슴이 두근거려, 나는 다시 고개를 숙이고 혼자 놀이를 시작했다. 납작한 돌로 물가에다 탑을 쌓는다. 강에서 물을 퍼 담은 후 그 노동의 흔적을 남기듯 하나둘 돌을 쌓아 최대한 높은 탑을 만들고 떠나는 것이 나의 일과를 채색하는 소소하고 유일한 놀이였다.

집에서 강까지 이르는 멀고 지루하고 황량한 길도 넓적한 돌을 찾으면서 걸으면 조금이나마 기분을 달랠 수 있었다. 물통이 너무 무거워지지 않도록 나는 아주 납작하고 평평한 돌만을 고르고 골라 담았다. 강에 도착하면 돌들을 사방에 꺼내놓고 넓고 큰 것부터 차례로 쌓아 올린다.

무심하게 지낼 수 있는 시간은 정해져 있었다. 가족들이 밥지을 물을 기다리고 있다. 태양이 떠오르면 돌아가는 길이 작열하는 지옥으로 변한다. 그걸 잘 알면서도 그날은 유난히 탑의 모양에 집착하며 강가에 오래도록 머물고 있었다.

소년을 계속 의식하면서, 모자라는 돌을 찾는 척 강가를 서

성거렸다. 건너편 강가에서 따분하게 어슬렁거리던 소년 옆으로 친구인 듯한 아이들이 하나둘 모여들었다. 본 적 없는 놀잇감을 손에 든 소년, 머리에 알록달록한 천을 감은 소녀. 그들이 떠들어대는 소리가 높아지면서 그와 눈길이 마주치는 횟수는 줄어들었다.

구멍 뚫린 항아리 같은 기분으로 나는 탑 쌓기를 포기하고 접고 있던 다리를 쭉 뻗었다. 집에 돌아가려고 물이 찰랑찰랑한 통으로 손을 뻗는다. 그때, 반짝 빛나는 것이 날아왔다.

벌레? 강 건너에서 던진 그것은 탄탄한 근육을 자랑하는 곤충처럼 멋지게 날아와 내 발밑에 착지했다. 주워 들어보니 동그랗고 평평한 돌이었다. 내 손바닥에 쏙 들어가는 크기에다 매끄러운 갈색 표면에는 빨간 줄무늬가 하나 그어져 있다. 마치 돌을 관통하는 빨간 핏줄처럼.

그 핏줄에 손을 대고 돌아보자 나와 강 건너 그의 시선이 다시 마주쳤다.

약속. 그런 말이 뇌리를 스치고, 그 뜻을 묻듯이 나는 손바닥 안의 돌을 꼭 쥐었다.

키와 앳된 얼굴로 보아 소년은 열 살인 나와 또래인 듯했다. 니시에 사는 아이다 보니 당연히 나보다 혈색도 좋고 몸도 우람하다. 강 건너 니시의 집에는 당나귀가 몇 마리나 있고, 마낭에는 과실나무와 우물이 있다. 그리고 축하할 일이 없어도 매일 닭고기와 달걀이 식탁에 오른다고 한다.

그의 집은 얼마나 잘살까. 왜 늘 혼자서 강가에 올까. 그날 이후로 강 건너 서로의 존재를 의식하면서도, 나는 그에 대해 아무것도 모르는 채 시간이 흘렀다. 이름조차도.

강의 이쪽 '히가시'에 사는 우리에게 니시는 애당초 다른 세계였다. 똑같이 메마른 땅에서 태어났고 신이 내려주는 비의 양도 똑같은데, 강 하나 건너 니시는 모든 것이 달랐다. 엄마 말이 "조상 대대로 그랬으니 말해봐야 소용없는 일"인 것 같다. 히가시에 사는 우리들 대부분이 그렇듯 나는 그 때문에 조상을 원망하지도 않았고, 니시에 사는 사람들을 부러워하지도 않았다. 인간은 같이 사는 사람들끼리 원망하고 부러워하는 법이니까.

다행히 우리 가족은 행복했다. 가난이 우리를 뒤틀어놓지는 않았다. 몇 년 간격으로 혹독한 가뭄이 찾아와도, 감자조차 마음껏 먹을 수 없는 날들이 계속되어도, 서로 돕는 가족만 있으면 나는 평온하게 미소 지을 수 있었다.

그리고 내게는 돌이 있었다. 그에게 받은 돌. 그의 돌. 어떤 시련이 닥쳐도, 불끈불끈 피가 도는 듯한 그 빨간 줄무늬에 손을 대고 있으면 나는 얼마든지 강하게 살 수 있을 듯한 기분이 들었다.

엄마가 아들을 낳지 못한 것도 내게는 행운의 하나였는지 모른다. 세 자매 중 첫째인 내게 부모님은 맏아들이 맡아야 할 역할을 주었다. 밭일. 늙은 염소를 돌보는 일. 물 떠오기. 힘 써야 하는 일을 피하지 않고 열심히 하면, 그 대가로 맏아들과 다름없이 자기 의견을 주장할 수 있었다.

열세 살이 지나 서서히 들어오기 시작한 혼담을 죄다 거부해도 부모님은 내게 아무 말 하지 않았고, 장남을 그렇게 하듯 나를 집에 남겨두었다. 둘째와 셋째가 시집을 간 후에도 나는 돌을 가슴에 품은 채 집에 남았다. 이유를 묻지 않는 가족이 얼마나 고마웠는지 모른다.

강을 사이에 두고 서로를 바라본다. 눈과 눈으로 서로의 아침을 축복한다. 처음 만난 후로 세월이 많이 흘렀지만 그와 나의 관계는 달라지지 않았다. 크게 말하면 들릴 거리에 있으면서도 굳이 말을 건네지 않았다. 눈빛으로만 말을 주고받았다. 때로 눈동자는 말보다 더 유려하고 정확하게, 그리고 은근하게 우리의 마음을 전해주었다.

그 이상 바라는 것은 없었다. 둘 사이에 강의 너비보다 더 먼 거리가 있음을 우리는 잘 알고 있었다.

딱 한 번, 아주 순간적으로 그와 나 사이에 가로놓인 그 선이 흔들린 적이 있었다. 내가 열여섯이 되던 해 봄이었다.

그날 나는 강 건너에서 평소와는 다른 그를 보았다. 우리가 눈길을 주고받는 시간은 기껏해야 몇 초, 아무리 길어도 몇 십 초에 불과한데, 그날 그는 한없이 강가에 서 있었다. 수평으로 허공을 찌르는 눈동자를 하고. 거기에는 내게서 도저히 눈을 떼지 못하는, 강한 정념의 불꽃이 타오르고 있었다.

불현듯 움직이기 시작한 그의 발끝이 수면을 건드려 파문이 일었을 때, 나는 설마 싶어 내 눈을 의심했다. 그리고 두 번째 걸음을 내디뎠을 때, 나는 머릿속이 하얘지고 말았다. 이 강은 깊다. 헤엄쳐 건널 생각일까. 아니, 안 될 일이다. 그는 니시 사람이다. 히가시에 와서는 안 된다. 온 힘을 다해 고개를 저었지만, 그는 힘차게 이쪽을 향해 다가왔다. 무릎까지 물에 잠겼을 때, 나는 더 이상 견딜 수 없어 물통을 내버려둔 채 그 자리를 떠났다.

"기다려."

처음 들은 그의 목소리. 하지만 나는 기다리지 않았다.

내가 뭘 할 수 있었을까?

그날을 경계로 강 건너 경치가 싹 달라졌다. 다음 날 아침, 내가 물을 뜨러 가는 곳에서 건너다보이는 강가에 그의 모습은 없었다. 그다음 날에도 그는 없었다. 마치 그 강이 절대 건널 수 없는 깊은 골짜기로 변한 것 같았다. 나의 세계는 참혹하게 단절되고 말았다.

니시에 사는 남자애들은 열여섯 살이 되면 학업을 위해 먼

도시로 나간다. 그에게도 그런 때가 왔다고, 나는 인정하지 않을 수 없었다.

그날 아침, 강을 건너와서라도 내게 작별을 전하려 했던 것일까. 아니면 기다려달라고 말하고 싶었던 것일까. 후자이기를 간절히 바라면서 나는 구멍 뚫린 항아리 같은 기분으로 멀겋게 색이 바랜 일상을 살아갔다. 아침마다 물을 뜨러 가는 것도 이제는 고행이 되고 말았지만 그래도 매일 아침 물을 뜨러 갔고, 야윈 이파리밖에 키워내지 못하는 마른 땅에서 땀을 흘렸고, 동생이 낳은 아이들을 보살펴주었다. 나날이 늙어가는 부모님을 조금이나마 편하게 해드리고 싶었다. 힘들 때는 돌을 꼭 쥐었다. 돌은 그이며 또한 나의 목숨이었다.

아무 감동 없이 3년이라는 세월이 흐르고, 드디어 기다리고 기다리던 날이 찾아왔다. 그러나 그것은 내가 바라고 바란 형태는 아니었다.

그날 봄날의 연둣빛 건너 강가에서 그의 모습을 본 나는, 너무도 놀라 손에 든 물 항아리를 하마터면 떨어뜨릴 뻔했다. 거기 서 있는 그는 소년 시절의 흔적은 어디에도 없고, 어른의 지성과 분별력을 갖춘 훤칠한 청년이었다.

나와 마주 선 똑바른 자세와 온화한 미소는 여전했지만 결정적으로 뭔가가 달랐다. 그의 눈동자에는 이미 3년 전의 뜨거움은 없었다. 따스한 우정의 잔향이 희미하게 담겨 있을 뿐.

3년 전과 똑같은 강을 사이에 두고 있는데, 그는 확실하게 멀어져 있었다.

　무슨 일이 있었던 거야. 무슨 일이?

　아무튼 이것 하나는 분명했다.

　그는 이제 이 강을 건너지 않는다.

　그러나 가령 그때 그가 강을 건너왔다 해도 우리에게는 어떤 결말도 없었을 것이다.

　그 후의 여생이라고밖에 할 수 없는 시간을 내가 순순히 감수하며 차분하게 살아갈 수 있었던 것은, 체념이 내 마음 깊은 곳에 단단히 뿌리박고 있어서였는지도 모르고, 언제나 시간과 함께 극복해야 할 시련이 내게 닥쳐왔기 때문인지도 모른다.

　그렇다, 모든 것은 순서대로 진행되었다. 도시에서 돌아온 그는 아마도 배우는 사람에서 일하는 사람으로 바뀌었을 것이다. 그 차림새와 표정이 어른스러워질수록 강 건너로 소리 없는 인사를 나누는 아침은 사라져갔다. 실망도 서서히 줄어들었고, 나는 그의 모습이 없는 건너 강가에 익숙해졌다. 마침내 그가 없는 아침이 당연해졌고, 계절이 한 바퀴 돌았을 무렵에는 기대감도 바닥에 떨어졌다.

　차분히 생각해보면 이내 알 수 있는 일이었다. 그는 그의 길을 걸어가기 시작한 것이다.

그럼에도 그가 니시에 살고 있어, 그가 없었던 3년보다 하늘도 푸르게, 아침도 밝게 느꼈다. 그것으로 만족해야 한다고 나는 속으로 말하곤 했다.

다시 계절이 몇 바퀴 돈 다음, 아름다운 여자와 함께 강가를 걷는 그의 모습을 보았을 때도 나는 때가 왔다고 순순히 수긍했다. 그것은 그가 걸어가는 길의 연장선에 있어 마땅한 장면이었다. 몇 년 후면 거기에 조그만 아이의 모습도 있으리라. 소년은 남편이 되고 아버지가 된다.

아내도 엄마도 되지 못한 채 돌만을 품고 사는 삶을 택한 것에 후회는 없었다. 한 동네에 사는 조카들의 성장을 지켜보면서, 나는 늙어 주름진 부모님과 함께 평탄한 일상을 지켜나갔다. 그것은 나름대로 나쁘지 않은 인생이었다.

조카 하나가 히가시의 젊은이들과 단합해서 우물 파기에 분투한 덕분에, 우리 집 옆에 우물이 생겨 소박하나마 생활이 편해졌다. 이제 먼 강가까지 물을 뜨러 갈 필요가 없었다. 우물물은 밭의 곡물을 살찌웠다. 식탁에 닭고기와 달걀이 오르는 날도 많아졌다.

계절은 또 돌고 돌았다. 사람은 바뀌었다. 마을의 모습도 달라졌다.

그러나 신은, 파란 없는 강물처럼 평온했던 내 인생의 마지막에 작은 운명의 장난을 준비해놓고 있었다.

아버지가 돌아가시고 엄마에게는 첫 증손이 태어나 희비가 교차되었던 그해, 나는 태어나서 처음으로 마을에 한 군데밖에 없는 진료소를 찾았다. 마흔 줄에 들어서야 겨우 히가시를 벗어나 강 건너에 있는 니시의 땅을 밟은 것이다. 그것만 해도 큰일인데, 하필 그 진료소에서 그와 딱 마주치다니.

나를 당나귀에 태우고 진료소까지 같이 와준 조카와 둘이, 좁은 대합실에서 처방전을 기다리고 있을 때였다. 현관문이 불쑥 열리면서 메마른 바람과 함께 한쪽 다리를 저는 남자가 뛰어 들어왔다.

그 남자가 그였다.

강 건너 나누던 인사가 끊긴 지 20여 년의 세월이 흘렀다. 우리는 피차 나이를 먹었다. 둘 사이에 있어야 할 강도 없었다. 그런데도 눈과 눈이 마주치는 순간, 그 옛날에 존재했던 소년의 모습이 고스란히 떠올랐다.

"아…… 이런 곳에서 당신을 만나다니."

믿기 어려운 재회에 얼이 빠져 숨조차 겨우 쉬고 있는 내게, 그는 해맑은 눈빛으로 아주 자연스럽게 놀라움을 표현했다. 처음으로 가까이에서 듣는 목소리. 그것은 기억하는 목소리보다 낮고, 위압적이지 않을 만큼 관록을 띠고 있었다. 가무잡잡한 피부에는 짙은 주근깨가 가득하고, 눈가에는 무수한 잔주름이 패어 있었다. 턱에 난 수염, 어깨에 붙은 살집, 조금은 지처 보이는 미소. 그 하나하나가 나이에 따른 변화보다는, 그가 살아 있는 사람으로 거기 있다는 생생함을 내게 전하고 있었다. 남자다움을 물씬 풍기는 그가 거기 있었다.

"기분이 참 이상하군. 어딘가 모르게 허망한 분위기는 예전과 다름없지만, 참 아름다운 여자가 되었어. 나는 이런 꼴이 되었는데 말이야."

공사 현장에서 현장감독으로 일하다 작업 중에 부상을 입었다며 그는 저는 한쪽 다리를 보여주었다.

"하지만 이렇게 당신을 만났으니 부상당한 보람이 있었군."

그런 미사여구에도 성숙한 남자의 여유가 느껴졌다. 나이를 잘 먹은 듯 보였다.

그에 비해 나는 한심했다. 몸이 오그라드는 듯한 긴장을 풀지 못한 채, 기미가 돋은 얼굴에 소녀처럼 수줍은 미소만 띠고 있을 뿐이었다. 결국 대답 한마디 제대로 못하고 있는데, 진료실에서 수염이 허연 의사가 얼굴을 내밀고 그에게 들어오라고 손짓했다.

그는 아쉬운 듯 자리에서 일어나며 내게 말했다.

"아, 그렇지. 다리가 생길 거야."

"다리?"

"그 강에 돌다리가 생길 거야. 공사는 내년에 시작되겠지만, 수주를 받았을 때부터 줄곧 생각했어. 당신이 건너주면 좋겠디고.”

그의 등이 진료실 안으로 사라지는 순간, 환희도 후회도 아닌 감정의 격류에 휩싸여 나는 혼자 숨이 막혔다. 그 강에 다리가 놓인다. 하필 그날, 그것은 진료소에서 내가 받은 두 번째 비극적인 선고가 되었다.

얼마 전부터 몸이 좋지 않았던 나는, 그와 재회하기 직전 의사로부터 불치의 병에 걸렸다는 선고를 받았던 것이다.

내 수명은 보통 사람보다 다소 짧게 설정되어 있었다. 그뿐이었다. 지금까지 많은 일을 그렇게 순순히 받아들인 것처럼, 나는 내게 주어진 짧은 수명도 조용히 받아들이고, 어머니와 여동생과 조카들의 간호를 받으며 날로, 그러나 확실하게 쇠해갔다.

병은 진행이 아주 빨랐다. 점차 음식이 목에 넘어가지 않고, 약도 효과를 잃었다. 견딜 수 없는 통증에 몸부림치는 내 손바닥 안에서는 언제나 그 돌이 축축하게 젖어 있었다. 지금은 내 몸의 일부가 된 돌. 그와 다시 만난 후로 그 딱딱한 질감에 미진함을 느꼈지만 이제 와서 손에서 놓을 수는 없었다.

“다리, 완성됐어?”

입버릇처럼 묻는 내게 모두가 늘 똑같은 대답을 했다. 이제 곧 완성될 거야. 이제 조금만 더 기다리면 튼튼한 돌다리가 니

시와 히가시를 잇게 될 거야. 다 같이 개통식에 나가보자. 그러
니까 그때까지 힘내.

다리를 건너고 싶은 것인지 건너고 싶지 않은 것인지, 사실
은 나도 잘 몰랐다.

나날이 의식이 혼미해져가기 때문만은 아니었다. 젊은 날의
그와 나를 갈라놓았던 그 강에 놓인다는 돌다리. 그 다리 때
문에 히가시 사람들의 앞날이 바뀔지도 모르고, 미래의 이 마
을에 어떤 은총이 내릴지도 모르지만, 그와 나의 만남은 아무
것도 달라지지 않는다. 그와의 재회를 포함해 모든 것이 이미
너무 늦었다.

어느 날 아침, 여느 날보다 한층 몽롱하게 눈을 뜬 나는 내
옆구리에 죽음의 사자가 딱 붙어 있는 것을 감지했다. 온 방에
가족의 흐느낌이 울렸다. 시야가 어두웠다. 숨도 가빴다. 몸과
마음이 이미 분리된 것처럼 잘 이어지지 않았다.

아아, 때가 왔구나. 끝내 부르러 왔구나. 그때, 각오를 다진
내 손안에서 돌이 그냥 돌로 돌아갔다. 저승길로 떠나는 여행
을 앞두고 나는 이제야 나의 속마음을 거짓 없이 인정했던 것
이다.

내가 원했던 것은 뜨뜻미지근한 우정 따위가 아니라 그의
열정이었다. 뭐에 홀린 것처럼 강물로 발을 내디디던, 흥분한
혼을 지닌 살아 있는 육체였다.

어머니의 마디진 손이 나를 꼭 껴안는다. 힘을 잃은 손바닥에서 돌이 굴러떨어진다. 퀭한 눈에서 한 줄기 눈물이 흐르고, 이번 생의 마지막에 나는 마음속으로 기도했다. 부디.

만약 내게 다음 생이 주어진다면, 부디 한 번, 그와 다시 만날 수 있기를. 다음 생에서야말로 둘이 한때를 공유하며 뜨거운 피를 나눌 수 있는 몸과 몸, 마음과 마음이기를. 하나가 되려는 우리를 그 무엇도 막을 수 없기를.

부디, 부디, 부디.

<u>3</u>

율리아를 만나고 나는 무너지기 시작했다. 무쇠 갑옷이 걸레처럼 너덜너덜하게 떨어져나가자 살이 드러난 내가 얼마나 약한 존재인지를 알았다.

5년 전 병실에서 만났다. 당시 대학생이던 나는 여자친구에게 옆구리를 찔려 일주일 넘게 입원하고 있었다. 그때 나를 담당했던 간호사가 율리아였다.

처음에는 몸이 반응했다. 연수생이 입는 하얀 가운을 걸친 그녀를 보는 순간, 나와 관으로 연결된 장치가 갑자기 이상 신호를 나타냈다.

"으이그, 이 고물 쓰레기들."

그때는 그렇게 오래된 의료 기기를 욕하는 것으로 끝났다.

원래 나는 처음 만나는 여자에게 필요 이상 관심을 보이는 성격이 아니다. 여자뿐만 아니라 타인에게 전반적으로 관심이 없어, 누구에게나 늘 일정한 거리를 유지하려 한다. 그래서 사람들에게 '냉혈한'이라느니 '박정'하다느니 '사람의 마음을 잘 모른다'느니 '생각해보면 딱한 사람'이라는 말을 자주 들었다. 그러다 못해 칼에 찔리고 말았다. 외도는 물론 폭력과도 인연이 없는 내가, 그저 여자친구에게 관심을 덜 보였다는 이유 때문에.

"머리 스타일이 바뀐 걸 몰랐다는 게 칼에 찔릴 만큼 큰 죄인가요? 다행히 급소는 아니었지만."

입원한 지 사흘째 되는 날, 상처에 소독을 받던 나는 꿰맨 자리가 욱신거릴 때마다 석연치 않은 마음이 쌓여, 끝내 불평을 털어놓고 말았다.

"머리 스타일?"

일손이 부족한 병원에서 언제나 빠릿빠릿하게 일하던 율리아가 처음으로 움직임을 멈췄다.

"어떻게 달라졌는데요?"

"그녀가 머리를 잘랐어요."

"얼마나요?"

"가슴 언저리까지 오던 머리를 귀 밑 정도로."

186

"그런데도 몰랐어요?"

그 목소리의 변화에 나는 초조해졌다.

"아니, 그게 겨우 머리 스타일이잖아요. 코나 눈이나 입이 달라졌다면 나도 안다고요. 하지만 머리는 인간에게 어차피 그냥 주변이잖아요. 사진을 둘러싸는 액자 같은 거잖아요. 그 자체에는 별 의미도 없다고요. 본질이 아니니까. 애당초 여자들은 머리 스타일을 너무 자주 바꾼다니까요. 자신을 바꾸고 싶으면 프레임이 아니라 본바탕을 어떻게 해야지."

율리아는 칙칙한 천장을 올라다보며 고개를 가로저었다. 아무렇게나 뒤로 묶은 금발이 찰랑거려, 나는 빗자루로 쓸어낸 먼지 같은 기분이 되었다.

"알았어요. 인정하죠. 나는 박정한 놈이에요. 무심하고 둔감한 놈이고. 하지만 한번 잘 생각해봐요. 타인에게 철저하게 무관심한 사람들의 나라와, 관심을 아끼지 않는 사람들의 나라가 있다고 치고. 율리아는 어느 쪽일 것 같아요? 전쟁을 일으킨다면."

율리아의 맑은 올리브색 눈동자가 순간적으로 흔들렸다. 그러나 이내 잔잔해졌다.

"그거야 물론 타인의 아픔에 둔감한 사람들 나라겠죠. 전쟁은 사람이 아니라 땅이나 자원에 관한 관심 때문에 일어나는 거니까."

그 딱 부러지는 대답은 내용 이상으로 당당한 말투 때문에 내 안의 어느 곳—적어도 여자친구가 칼로 찌른 곳보다는 적확한—을 파고들었다. 마치 그 증거를 들이밀듯이 내 몸이 두 번째 반응을 나타냈다. 또 심박수가 올라간 것이다. 전에는 본 적이 없을 만큼 높은 수치가 깜박거렸다.

"어떻게 된 거지."

율리아가 당황하면서 내 손을 잡고 맥박을 쟀다. 눈썹을 찡그리고 숫자를 센 후 무슨 생각을 했는지, 이번에는 그녀 자신의 손을 잡았다. 자기 손목을, 그다음은 내 손목을, 그리고 다시 자기 손목을, 또 내 손목을. 몇 번이나 엄지손가락을 이리저리 옮기는 그녀는 몹시 혼란스러운 표정이었다.

"이상하네."

엄지손가락의 움직임을 간신히 멈췄을 때는 더욱 당황한 기색이었다.

"어떻게 된 건지 모르겠네."

"뭐가 잘못되기라도?"

"내 맥박이 너무 빨라요. 게다가 우리 심박수가 정확하게 일치해요."

정확하게 일치한다. 그 말이 무슨 뜻인지, 과연 의미가 있는 말인지 전혀 모르는 채 멍하니 허공을 바라보면서, 나의 속마음은 그 묘한 일치에 격하게 요동치고 있었다. 지금까지 한 번도 경험하지 못한 타인과의 일체감. 그것이 불쾌하지 않다는 신기함.

그 일이 있은 후로 율리아를 의식하지 않는다는 건 있을 수 없는 일, 그 후로 심박수를 쫓아가듯 내 마음은 시시각각 고조되었다. 드디어 인생의 첫사랑에 빠져 매일 신선한 발견이 연속되었다.

율리아가 나보다 한 살이 많다는 것. 백의의 천사 나이팅게일을 동경해서 간호사의 길을 선택했다는 것. 지금은 좁고 냄새나는 병원 기숙사에서 생활하고 있다는 것. 언젠가 푹신푹신한 소파가 놓인 방에서 사는 게 꿈이라는 것. 그 소박한 인품을 접할 때마다 나는 그녀에게 끌렸고, 그 사람을 더 많이 알고 싶다고 간절히 바라게 되었다.

뜻하지 않게 충실한 입원 생활을 하게 되었지만, 염려되는 것이 있다면 율리아의 마음이었다. 과연 그녀는 나를 어떻게 생각하고 있을까. 늘 기민하게 움직이는 그녀가 내 옆에 있을 때만은 꾸물거리는 듯 보이는 건 내 기분 탓일까. 초등학생처럼 애가 타고 초조한 나머지 "나를 어떻게 생각하느냐?", "무슨 생각을 하고 있느냐?" 하고 집요하게 묻는 여자의 마음에 공감이 갔고, 과거의 무심함을 부끄러워하게 되었다.

입원 마지막 날 밤은 한숨도 자지 못했다. 나는 고백하기로 결심했다. 퇴원하는 날, 율리아가 체온을 재러 올 때를 노렸다.

몇 번이나 머릿속으로 시뮬레이션을 했는데도, 실제로 그날 아침 체온을 재러 온 율리아를 보자마자 모든 순서를 까맣게 잊고 말았다.

율리아는 어제까지의 율리아가 아니었다. 늘 한 가닥으로 묶어 늘어뜨렸던 긴 금발이 없었다. 숨을 가다듬고 가만히 쳐다본 후에 나는 겨우 말했다.

"아주 잘 어울려."

짧게 자른 머리 밖으로 드러난 귀가 발그스름하게 물드는 것을 봤을 때는, 이유도 없이 가슴이 메었다.

"어머나, 알아봤네."

그 목소리의 가벼움과는 정반대로 율리아는 결의에 찬 매끄러운 움직임으로 따스한 그녀의 입술을 내 입술에 맞췄다.

그렇게 내 인생이 시작되었다. 그리고 그전까지의 과거 전체는 알맹이가 없는 텅 빈 프레임으로 변모했다.

오직 출세만을 기대하는 당원인 아버지와 알코올에 중독된 어머니 밑에서, 인생의 목표를 엘리트 코스를 밟는 것으로 삼았던 나는 율리아와 함께하면서 비로소 한 개인으로 독립했고, 산다는 것에서 가치와 기쁨을 찾을 수 있었다.

이제 율리아 없는 세상은 상상도 할 수 없었다. 함께 있으면 함께 있을수록, 몸을 합하면 합할수록, 나는 점점 더 미친 듯이 율리아를 원하게 되었다. 히루 스물에 시간 곁에 있고 싶었고, 떨어져 있으면 내장을 도려내는 것처럼 애가 탔다. 무한하게 증식하는 에너지체, 그것이 사람을 사랑하고 그리워한다는 것의 정체인가 싶어 두렵기도 했다.

그렇다, 막연한 불안감이 늘 따라다녔다. 그런데.

그 몇 년 후, 설마 내가 이 손에 칼을 들게 될 줄은 처음 만났을 때는 꿈에도 몰랐다.

대학을 수석으로 졸업하는 동시에 율리아와 결혼했다. 대학 선배의 도움으로 선망하는 회사에 취직도 했다. 자기 자랑 말고는 자랑할 줄을 모르던 아버지가 아들을 자랑하게 되었다. 직장에서 4킬로미터 떨어진 화려한 신도시로 이사해, 상사가 빌린 집을 다시 빌려 18층짜리 아파트의 주민이 되었다.

모든 것이 순조롭게 풀렸다. 우리는 행운이 가득한 젊은 부부였다. 월급과 사회적 지위가 높고 보장도 충분한 직장을 얻었으니 안정된 앞날이 약속되어 있었다. 신혼 시절의 나는 그야말로 하늘이라도 나는 듯한 성취감과 무슨 일이든 해낼 수 있다는 자신감에 차 있었다.

그렇게나 바랐던, 소파가 놓인 신혼집에서 율리아는 새 신부답게 얼굴을 발갛게 물들이며 말했다.

"이렇게 풍요로운 곳이 있다니! 가게 선반에 상품이 가득하

고, 줄 서지 않고도 물건을 살 수 있다니 꿈만 같아. 정육점에
는 소시지가 열네 종류나 있어. 믿을 수 있어, 당신?

영화관, 도서관, 쇼핑센터, 수영장…… 정말 모든 게 다 있
어. 마치 다른 세상에 온 것 같아. 나무도 많아 푸르고, 온 사
방에 장미가 피어 있고. 여기, 영화 속인 건 아니지?

조용히 살면서 농사 짓던 우리 할머니는, 스탈린을 비판했다
고 해서 시베리아로 끌려간 후 두 번 다시 고향에 돌아오지 못
했어. 손녀가 이런 낙원에 산다는 걸 알면 얼마나 놀라실까."

뭘 보든 감동하는 율리아를 기쁘게 해주려고, 나는 탐욕스
럽고 향락적으로 이 신도시에 속한 자의 특권을 누렸다. 넓은
슈퍼마켓에서 쇼핑을 즐기고, 매일 다른 고기와 채소로 만든
음식을 양껏 먹고, 그렇게 많이 먹은 다음 날에는 스포츠센터
에서 같이 땀을 흘렸다. 쉬는 날에는 보트를 타거나 해수욕을
하면서 피크닉을 만끽했고, 때로는 엔진 고장이 없는 새 차를
몰고 흑해까지 드라이브를 가기도 했다. 늦잠을 잔 아침에는
길가에 핀 장미 향기를 맡으며 산책했고, 밤에는 지상 15층에
서 야경을 안주 삼아 와인을 몇 병이나 마셨다. 젊은 부부에
게는 둘의 앞날에 대해 몇 시간이든 지치지 않고 얘기할 수
있는 재능이 있었다.

"하루빨리 아이를 낳았으면 좋겠어. 당신을 닮은 여자애를."

"그래. 교육 시설도 충분하고, 아이를 키우기에는 더없이 좋

은 환경이니까."

"아이들이 크면, 데리고 많은 곳을 여행하자."

"이 도시에 사는 것만으로도 나는 언제나 지구 반대편에 있는 기분인걸."

그러나 나는 이 감미로운 신혼생활 속에서 둘만의 시간이 만족스러우면 만족스러울수록, 이런 시간이 언제까지 계속될까 하는 의구심을 품기도 했다. 잃는 것을 두려워하는 인간이 늘 그렇듯, 나는 점차 보수적이고 또 배타적으로 변해갔다.

나는 율리아 덕분에 거리 없는 관계를 얻기가 얼마나 어려운지를 자각했지만, 그렇다고 타인을 대하는 나의 자세가 변한 것은 아니었다. 어디까지나 율리아가 유일무이한 예외였을 뿐 내게 그 외의 사람들은 여전히 먼 타인이었다. '나와 타인'으로 구성된 세계가 '우리 부부와 타인'으로 바뀌었을 뿐이었다.

한편 율리아는 마음이 열려 있는 사람이었다. 그녀는 자신의 쾌활함과 친근감을 유감없이 발휘해 같은 아파트에 사는 사람들, 또 나의 동료들과 이내 소통했다. 내가 그녀를 사랑하듯 모든 사람이 그녀를 사랑했다. 나는 남편으로서 그런 아내를 자랑스러워해야 한다는 것을 잘 알고 있었다. 하지만 타인이 아내에게 지나치게 접근하는 것이 두려웠다. 또 당연히 아내가 타인에게 접근하는 것도.

첫 위기가 찾아온 것은 결혼한 지 4년째 되던 해였다.

"시내 병원에 빈자리가 있는 것 같아."

집에서 유유자적하게 지내는 생활을 즐기는 것 같던 율리아가 어느 날 갑자기 간호사로 돌아가고 싶다는 말을 꺼낸 것이었다.

"나, 정식으로 간호사가 된 후에 바로 결혼했는데, 지금 생각하면 좀 아까워. 간호사 일이 성격에도 맞고 보람도 있었어. 생활에 지장이 없는 범위 안에서 일하고 싶어."

나로서는 마른하늘에 날벼락 같은 말이었다. 내 아내가 푹신한 소파를 떠나 다시 백의의 천사로 돌아간다고?

"당신, 결혼한 걸 후회하는 거야?"

"설마, 그럴 리가. 행복하니까 그런 생각도 할 수 있는 거지. 언제까지 이렇게 안온하게만 지내서는 안 될 것 같아서."

"내 수입만으로 아무 불편 없이 살 수 있는데도?"

"그래도 아이가 생겼을 때를 생각하면 저금은 많이 해두는 게 좋잖아."

"간호사는 야근도 해야 하잖아. 나도 간혹 야근을 하는데, 그렇다면 아이 만들기에 좋은 환경이라 할 수 없지."

"쉬는 날은 최대한 당신에게 맞출게. 지금까지 지내오던 대로 쉬는 날에는 같이 즐겁게 보내면 되잖아. 하지만 평일 정도는 보람 있는 일을 하고 싶어."

"그런 마음이라면 요리 교실에 다니는 게 어때?"

율리아는 한번 말을 꺼내면 물러서지 않는 고집스러운 면도 있었다. 슬쩍슬쩍 말을 피하면서 나는 그녀의 바람이 천천히 사그라지기를 기다렸지만, 끈기 면에서는 그녀가 한 수 위였다.

"여보, 부탁이야. 3년이나 집 안에만 있었더니 아무래도 사회와 단절된 것 같아. 소시지는 한 종류라도 좋으니 살아 있다는 실감이 필요해."

농가에서 태어나 한가로운 대지에서 자란 그녀는, 전 연방국가의 도시계획 연구가들이 줄줄이 시찰을 위해 찾아오는 신도시 생활에 다소 지쳤는지도 모른다. 여유로웠던 얼굴에서 미소가 사라지고, 침울한 기운이 거실 분위기를 무겁게 짓누르기에 이르자 나는 결국 체념하고 말았다.

"알았어. 그렇게 일하고 싶으면 이제 말리지 않을게. 단, 조건이 있어. 시내에 있는 병원 말고 우리 회사 안에 있는 의무실에서 일해줬으면 해."

최소한 내 눈이 닿는 곳에 아내를 두고 싶었다. 그런 심정으로 절충안을 내놓았다. 율리아에게도 나쁘지 않은 제안이었을 것이다. 우리 회사 의무실에서 일하면 시내 병원에서 일하는 것에 비해 절반의 노력으로 세 배의 월급을 받을 수 있기 때문이다.

"알겠어. 그런데 빈자리가 있는 거야? 지금 당장 없으면 얼마나 기다려야 할까?"

"의무실장이 어떤 술을 좋아하는지 알아낼 때까지."

빈자리는 기다리는 것이 아니라 스스로 만드는 것이다. 직속 상사에게 넌지시 말을 흘린 다음 의무실장에게 고급 보드카를 선물했다. 얼마 후 근무 태도가 불성실한 간호사 한 명이 해고되었다. 율리아가 채용 통지를 받은 것은 그다음 날이었다.

그것이 끝의 시작이었다.

다시 하얀 가운을 입자 율리아는 눈에 띄게 생기를 되찾았다. 미소는 물론 잠든 얼굴까지 빛나 보일 정도로 노골적인 소생이었다. 그렇다고 남편이나 가정생활을 소홀히 하는 것은 아니었다. 어디까지나 가정을 최우선시했고, 절대 무모하게 근무 시간표를 짜지도 않았다. 지친 표정도 보이지 않았고, 밤의 잠자리에서는 오히려 열정적이었다. 내 아내지만 정말 참한 여자였다.

모자란 쪽은 나였다. 율리아가 같은 직장에서 일하기 시작한 지 얼마 지나지 않아 나는 그 생활이 생각만큼 유쾌한 결과를 낳지 않는다는 걸 통감했다. 말이 같은 직장이지 넓은 부지 안에 시설이 여기저기 흩어져 있고 건물도 멀리 떨어져 있어, 근무 중에는 그녀의 얼굴을 볼 수 없었다. 그래서 내 눈이 닿는 곳에 아내가 있다는 사실을 거의 실감할 수 없었다.

오히려 동료들 입에서 의무실 얘기가 나올 때마다 내 아내와 몰래 밀회를 즐기고 있는 것 같아 불쾌함을 금할 수 없었다.

율리아가 간호사만 아니었더라도, 하고 나는 몇 번이나 생각했다. 간호사는 환자를 보살펴야 한다. 때로는 벗은 몸을 보기도 하고 예민한 부분을 만지기도 한다. 전에 내가 그랬던 것처럼 아내에게 흑심을 품는 환자가 나타나지 말라는 법이 어디 있을까? 나처럼 성질 고약한 사람을 받아준 율리아가 그 사람의 연정에 넘어가지 말라는 보장이 어디 있을까?

망상이 질투를, 질투가 새로운 망상을 낳아, 참다못한 나는 몇 번이나 몰래 의무실을 찾아가 아내가 일하는 모습을 훔쳐보았다. 그럴 때마다 젊은 날의 그녀가 떠올라 가슴이 설레는 한편, 대기실에 있는 남자 환자의 수에 이를 빠드득 갈았다. 원래 남자 사원이 많은 회사이기는 하다. 하지만 그중에는 어디로 보나 건강한데, 그저 단조로운 작업에 싫증이 나 간호사와 농담이나 하면서 기분을 풀려고 왔음 직한 이들도 적지 않았다. 예나 지금이나 병원은 일종의 모임터이며, 소문을 좋아하는 사람들은 그곳에서 하지 않아도 좋을 말을 하고, 해서는 안 될 말도 한다.

율리아를 직장으로 끌어들인 것을 죽도록 후회한 것은, 그녀가 간호사로 돌아간 지 2년이 되던 해였다. 생기발랄하게 일하던 그녀가 불쑥 이 도시를 떠나고 싶다고 말한 것이다. 마음을 단단히 먹은 눈빛이었다.

나는 내 귀를 의심했다.

"뭐, 뭐라고?"

"우리 둘이 다른 도시에 가서 처음부터 다시 시작했으면 해."

도저히 진심이라고는 받아들일 수 없었다.

"갑자기 무슨 뚱딴지같은 소리야. 이 이상적인 도시를 떠난다고? 이 아파트에 들어오려면 3년을 기다려야 하는데, 그런데 여기를 버리고 떠나자고? 당신 제정신이야?"

"제정신이야. 이 도시에 있는 한 당신은 지금 하는 일을 그만둘 수 없잖아."

무슨 당연한 말을 하나 싶어 나는 놀랐다. 약 5만 인구가 살고 있는 이 도시는 4킬로미터 떨어진 시설에서 일하는 직원과 그 가족을 위한 전용 주거지로 개발된 베드타운이다.

"아니 내가 일을 그만둘 이유가 어디 있다고 그래? 이렇게 조건 좋은 직장은 절대 없다고. 적어도 이 나라 안에는."

"하지만……."

무슨 말인가 하고 싶은 표정인데 율리아는 입을 다물었다. 의무실에 드나드는 놈들이 대체 무슨 헛소리를 한 것일까. 내가 엄하게 추궁하자 그녀는 파랗게 질린 채 간신히 입을 열었다.

"시설 안에서 사고가 있었다면서."

"그런데?"

"설대 안선하다고 했잖아."

아아, 율리아를 의무실에서 일하게 하다니. 온 힘을 다해 동요를 감추면서 나는 자신의 어리석음을 저주했다. 운명은 어리석은 자에게 관대하지 않다. 사랑하는 여자를 오직 자기만의 것으로 하고 싶은, 고작 그런 소망조차 영원히 이루어지지 않는다. 정반대 결과를 가져올 뿐.

"안전성에 문제가 없는 범위 안에서 일어난 사소한 사고야."

겉으로는 어디까지나 평정을 유지했다.

"어느 직장에나 그 정도 사고는 있어. 심각한 문제가 아니야."

"그냥 직장이 아니잖아. 심각할 때는 이미 늦은 거잖아."

"당신 생각이 지나친 거야. 누가 무슨 말을 했는지 모르겠지만, 당신에게 그런 괜한 소리를 한 사람은 어차피 전문가도 아닌 얼뜨기들이야. 사정을 모르는 초짜들이 무책임하게 허튼 소문을 퍼뜨리는 거라고."

"그래도 가능성이 전혀 없는 건 아니잖아. 당신, 심각한 사고가 나면 어떻게 할 건데?"

"그럴 가능성은 절대 없어. 그런 일은 있을 수 없다고."

나는 단호하게 대답했다. 거짓말이 아니었다.

"왜냐, 내가 움직이고 있는 시설은 국가의 명운이 걸린 최첨단 기술의 결정체니까. 그 안전성은 과학 아카데미 총재가 보장하고 있어. 당원의 귀가 어디 있을지 모르는데, 당신도 그런

황당한 말을 하면 안 되지. 스탈린을 비판했던 당신 할머니를 기억하라고."

할머니는 율리아의 급소다. 그곳을 찌르면 그녀는 조용해진다. 이번에도 입을 다물었다. 나는 식은땀을 닦으면서 얘기를 끝내고는, 그 후로 아내의 호소를 귀담아 듣지 않았다. 날로 기운을 잃어가는 율리아를 보고도 못 본 척하고, 마주 보기를 피했다. 정말로 도시를 떠날 마음은 없을 거라고 허술하게 보았다. 좋은 빌미다 싶어, 사고가 겁나면 당신이라도 직장을 그만두면 되지 않느냐고 강경하게 말한 적도 있었다. 고지식하고 태만한 남편에게 천벌이 내린 것은 당연한 결말이었는지도 모른다.

율리아가 하나 마나 한 얘기만 한 셈이 된 지 몇 달이 지난 후에 그 대가를 통렬하게 치르게 되었다.

잊지 못할 그날, 3월 26일. 그날은 우리 부부만이 아니라 우리의 직장까지 뒤흔들린 하루였다. 그날 아침, 이 도시에서 구독하고 있는 R 지방 신문사가 우리 직장에 관한 검은 의혹을 보도했다.

신설 공사의 지연을 초래한 자재 부족. 안전이 의심스러운 시설의 결함. 간부 사원들의 무책임한 체질. 구체적인 사례까지 들어 폭로한 기사는 매섭고 가차 없었다. 정보 공개가 이루어지기 이전 같으면 도저히 기삿거리가 될 수 없는 내용이었다.

당연히 우리는 당황했다. 모두들 놀라고, 안절부절못하고, 내부 고발자에게 분노를 드러냈다. 그 폭로 기사는 시설 관계자의 밀고 없이는 알 수 없는 요소를 다분히 포함하고 있었기 때문이다.

"대체 어떤 놈이 정보를 제공한 거야."

"누구든 될 수 있지. 예나 지금이나 이 나라는 밀고자의 소굴이니까."

"돈에 눈이 먼 놈이겠지. 그런 말도 안 되는 배신자가 있었다니."

"큰일이군. 중앙위원회가 움직이면 다들 성치 못할 텐데."

우리는 기사 내용보다는 누군지 모를 내부 고발자에게 위기감을 느꼈다. 명예로운 민주주의적 중앙 특권제하에서 우리는 검은 것을 하얗다고 말하고, 회색을 회색으로 그냥 놔두는 것의 중요성을 철저하게 세뇌받았다. 임금님은 벌거숭이라고 외쳐본들 자재 부족 문제가 해결되는 것도, 간부의 체질이 바뀌는 것도 아니었다. 그저 자신의 목이 위태로워질 뿐이다. 그러니 누가 그런 어리석은 짓을? 어떤 목적으로?

"어이, 조심해."

샤워실에서 인사부 선배가 슬쩍 귀띔해주었을 때, 나는 나도 모르게 하늘을 우러르며 신의 이름을 불렀다.

"R사 여기자가 자네 마누라에게 접근했다는 소문이 있어."

사태는 급속하고 급격하게, 나쁜 쪽으로 번지기 시작했다.

"그래, 내가 R사 기자에게 말했어."

그날 밤, 저녁 식사에는 손도 대지 않은 채 다그쳐 묻자 율리아는 시원하게 털어놓았다.

"정보 센터에 있는 친구에게 부탁해서 컴퓨터에 있는 과거 자료를 빼내달라고 했지."

이미 각오는 하고 있다는 투였다. 게다가 오늘부로 직장에도 사직서를 제출했다고 했다. 뻔뻔스럽기까지 한 그 침착한 태도에 오히려 기가 질린 것은 내 쪽이었다.

"왜, 왜 당신이 그런 짓을?"

"누군가는 목소리를 내야 한다고 생각했으니까."

"뭐 때문에? 행복하게 살고 있는 이 도시 사람들을 혼란스럽게 하고, 불필요한 불안에 떨게 하기 위해서?"

"아니. 필요한 불안을 다 같이 나누기 위해서. 이곳 생활의 행복이 얼마나 위태로운지를 다 같이 알기 위해서야."

점차 김이 사라져가는 치킨수프 앞에서 율리아는 한없이 냉철했다.

"여보, 여긴 정말 위험하다고. 나도 과거 자료를 보고 소름이 다 끼쳤어. 조직의 부패가 말도 못해. 그 때문에 온갖 곳에서 부작용이 생기고 있어. 안전 관리에 만전을 기하고 있다고? 그거 다 거짓말이야. 이대로 가면 언젠가는 반드시 돌이킬 수 없느 일이 생길 거야. 그때는 시설에서 겨우 4킬로미터밖에 떨어져 있지 않은 이 도시 사람들도 절대 안전하지 못해."

이제 나를 똑바로 보려 하지 않는 그녀의 눈은, 지상 15층에서 보이는 거리의 야경을 내려다보고 있었다. 5만 인구가 향유하는 일루미네이션의 물결. 그 전구 하나조차 우리의 시설 없이는 빛날 수 없다는 것을 그녀는 한 번이라도 생각해본 적이 있을까.

"잘 들어, 율리아. 우리 시설이 없으면 이 나라는 제대로 돌아가지 못해. 그만큼 중요한 거점이야. 다소 위험부담은 있지만, 그만큼 좋은 대우를 보장해준다고. 이제 와서 어린애 같은 소리는 하지 않았으면 좋겠어. 눈을 똑바로 뜨라고."

"난 이 도시의 그 누구보다 똑바로 눈을 뜨고 있어. 당신이야말로 외면하지 말고 현실을 똑바로 봐. 그런 괴물 같은 시설을 만들면서, 한 꺼풀 벗기면 전선조차 내화 소재가 아니라고."

"화재가 날 수 없는 구조니까 그렇지. 당신이 너무 예민한 거야. 게다가 다른 사람까지 끌어들이고 있고. 할머니의 비극에서 대체 뭘 배운 거야."

할머니. 금과옥조로 여겨야 한다는 듯 그 말을 내뱉자, 율리아는 이미 내 것이 아닌 여자의 눈빛으로 말했다.

"할머니는 용감한 분이셨어. 내가 배워야 할 것은 그 용기야."

하나로 완전히 포개져 있던 율리아가 떠나간다. 나의 율리아가 아니다. 평온한 성이었던 가정이 메마른 사막으로 변하고, 나는 혹의 영양분을 다 써버린 낙타처럼 날로 야위고 쇠해갔다.

그런데도 내가 율리아를 원한다는 것이 가장 고통스러웠다. 아내가 내부 고발자라는 소문 때문에 직장에서 내 위치가 위태로워지고, 출세 길이 막히는 두려움에 떨면서도 당당하게 이혼을 선언하지 못한다. 그토록 이 도시를 떠나고 싶으면 혼자서 떠나라는 말도 하지 못한다. 그녀를 잃는 것은 나 자신을 잃는 일. 상상만 해도 몸이 죽은 사람처럼 차가워진다.

유일한 구원은 침대 안이었다. 처음 만났을 때부터 지금까지 율리아는 나의 요구를 거절한 적이 없는 여자였다. 이 오도 가도 못하는 막다른 골목에서도, 몸만큼은 전혀 별개의 존재인 것처럼 닫히지 않았다.

그녀의 마음이 보이지 않을수록 나는 정신없이 그 몸에 매달렸다. 어이없을 만큼 몇 번이나 요구하고는 아주 잠깐 상실감을 메운 듯한 기분에 젖었다. 그 집요한 요구에는 우리의 아이를 갖고 싶다는 오랜 바람이 숨어 있었다.

아이. 그렇다. 내게는 마지막 보루. 아이가 생기면 율리아도 마음을 바꿀 것이다. 지금 생활에 감사하고, 도시를 떠나겠다는 말은 하지 않게 될 것이다. 나와 율리아는 아이의 부모로 다시 결합한다. 매달리는 심정으로 나는 그녀의 몸을 요구했

나. 낮에 일하는 날이면 그날 밤에, 밤에 일하는 날이면 훤한 대낮에.

그런데 몰아치는 세찬 비바람이 도시를 적시던 그 오후, 평소처럼 야근을 끝내고 집에 돌아와보니 거기 있어야 할 모습이 없었다.

율리아가 떠났다. 언제? 어디로? 이 부근에는 그녀 친척이 없다. 설마 러시아로? 아니지, 이런 날씨에는 키예프까지 가는 수중익선도 결항되었을 것이다. 아직은 틀림없이 이 도시 어딘가에 있다.

나는 미친 듯이 집을 뛰쳐나가려다, 잠깐, 하고 동작을 멈췄다. 정말로 집을 나갈 생각이라면 통장이나 증명서를 가져갔을 것이다. 우선은 그걸 확인해보자. 닥치는 대로 선반을 뒤지고 책상 서랍을 죄다 열어보았다. 강도도 이보다는 예의를 차리겠다 싶을 정도로 나는 마음이 급했다. 통장에 앞서 어떤 것이 눈에 띈 것은 불운이라고밖에 달리 할 말이 없다.

우유병을 껴안은 율리아가 현관에 들어섰을 때, 나는 온갖 것이 바닥에 어지럽게 널린 거실에 우뚝 서 있었다.

"수프 끓일 우유가 모자라서 아래층에 가서 얻어왔어. 간 김에 얘기도 좀 나누고……"

율리아의 태평한 말투는 어지럽게 널린 거실을 보는 순간 작은 한숨 소리로 변했다. 이어 내가 손에 쥐고 있는 것을 알아보고 이번에야말로 분명하게 한숨을 내쉬었다. 이제 여기까지라는 듯이.

그렇다, 거기까지였다.

"언제부터 이런 걸?"

나는 율리아가 서랍 깊이 감춰둔 것─봉투에 든 약 뭉치─을 그녀에게 내밀면서 다그쳤다. 옛날 여자친구도 복용했던 피임약. 간호사여서 더욱 손쉽게 구할 수 있었을 것이다.

"언제부터 나를 속인 거지?"

필사적으로 감정을 억눌렀지만 목소리는 여전히 떨리고 있었다.

율리아도 어깨를 떨며, 미안해, 하고는 고개를 푹 숙였다.

"이 도시에서 아이를 키우기가 겁이 나서 그랬어. 무슨 일이 생기면 어른 이상으로 아이들에게 큰 영향이 미칠 거라고 리가 말을 해서……."

"리?"

"R사의 기자."

"당신, 이용당하고 있는 거야. 정보 수집원으로. 알겠어?"

"리는 총명하고 좋은 사람이야. 이 도시에서 유일하게 내가 진심을 얘기할 수 있는 상대라고."

유일. 그 한마디가 내 가슴을 뚫고 지나갔다. 나는 끝내 무너지고 말았다.

"그 여자, 레즈비언이야?"

"무슨 소리야."

"레즈비언 맞지? 당신은 같은 여자도 거부하지 않나 보군. 그 여자와 함께하고 싶어서 내 아이를 만들지 않기로 한 거야?"

"아니야. 당신과 아이를 키울 자신이 없어졌기 때문이야!"

더는 못 참겠다는 듯이 그녀가 소리쳤다. 그리고 나는 처음으로 그녀에게 손을 대려 했다. 그러나 그 손이 그녀 몸에 닿기 전에 율리아의 손에서 바닥으로 떨어진 우유병이 산산조각 났다. 그 날카로운 소리에 나는 퍼뜩 정신을 차렸다. 몇 초 동안의 머뭇거림. 그사이에 율리아가 몸을 획 돌려 현관을 뛰쳐나갔다.

헐레벌떡 뒤쫓으려 발을 내딛는 순간 바닥에 미끄러져 그 자리에 엉덩방아를 찧고 말았다. 유리 조각이 허벅지에 박혀 바닥에 쏟아진 우유가 붉게 물들어갔다. 정강이에서 엉덩이로 붉게 물들어가는 딸기 우유 색깔을 바라보다 나는 정신을 잃었다.

전화벨 소리에 눈을 떴을 때, 빗소리는 들리지 않고 밖은 완전히 어둠에 싸여 있었다.

허벅지 상처가 욱신거렸다. 아니, 허벅지만이 아니라 온몸이 아팠다. 어떻게 된 일인지 내 몸의 온 피부가 상처투성이였다.

그 이유를 알고 싶기도 하고 알고 싶지 않기도 한 나른함 속에서, 침실에서 나와 거실로 갔다. 거실은 눈을 가리고 싶을 만큼 엉망진창이었다. 장식장 유리는 깨지고, 책꽂이는 넘어져 있고, 커튼은 찢겨나가고, 테이블과 의자는 나뒹굴고 있고, 접시와 책과 서류와 장식품 등 온갖 것들의 잔해가 바닥을 가득 메우고 있었다.

대체 누가 이런 짓을? 나 같기도 하다. 내가? 그렇다, 나다. 그런데 왜? 아무튼 계속 울리는 전화의 수화기를 들었다.

"여보세요, 나야."

율리아의 목소리를 듣는 순간 모든 것이 분명해졌다. 그렇다, 아내가 떠난 것이다. 그리고 이 집도 나 자신도 존재하는 의미를 잃었다.

"당분간 키예프에 가 있을게. 리의 아파트에 방을 하나 빌리기로 했어."

나는 지금도 딸기빛 우유의 바다를 표류하고 있고, 율리아의 목소리는 그 비릿하고 불투명한 막 너머에서 허망하게 울려오는 듯했다.

"마지막으로 한 번 더 말할게. 당신도 같이 가지 않을래? 키예프에서 처음부터 다시 시작하자. 당신만 냉철하게 현실을 직시해준다면……"

나는 아무 말 않고 수화기를 내려놓았다. 율리아가 이 도시를 떠난다. 끼네프에서 살겠다고 한다 어차피 이것도 그 기자가 부린 수작이다. 그 여자가 내 아내를 마음대로 조종하면서 모든 것을 물거품으로 만들어버렸다.

바닥에 널린 장애물을 발로 걷어차면서 부엌으로 뛰어갔다. 그리고 싱크대에 있는 칼을 집어 들었다. 그 여자를 죽여야 한다. 이미 예정되어 있는 기정사실을 반추하듯 그렇게 생각했다. 그것만이 살 의미를 잃어버린 내게 남은 유일한 일이다. 상황에 따라서는 율리아도 죽인다. 나의 율리아를 되찾기 위해.

그러나 현관으로 걸음을 옮기려던 그때, 불현듯 거실의 벽시계에 눈길이 갔다. 출근 시간이 다가오고 있었다.

밤 10시 10분. 약 30분 후면 이 도시에서 야근조를 태우고 직장으로 가는 버스가 온다. 오늘은 다른 부서에서 중요한 실험이 있기 때문에 결근하면 어쩔 수 없이 눈에 띄고 만다. 안 그래도 율리아 때문에 궁지에 몰려 있는데 이 이상 간부의 눈 밖에 나면 내게 좋을 게 없다. 만에 하나 해고라도 당하는 날에는 부모님 뵐 낯이 없다.

그래서 일단 칼을 내려놓고 출근 준비를 시작했다. 어디까지나 우선순위의 문제였다. 오늘 출근해서 일하면 이틀을 쉴 수 있으니 그동안 천천히 두 사람을 죽일 수도 있다.

아직도 피가 조금 흐르는 허벅지에 거즈를 대고 반창고를 붙였다. 목과 팔의 상처를 숨기기 위해 터틀넥 긴 소매 옷을 입었다. 도시와 직장을 잇는 버스 안에서 나를 수상하게 여기는 사람은 없었다. 원래 이 계절이면 다들 메이데이 휴가 생각으로 머리가 꽉 차 있다. 직장에 도착한 나는 탈의실에서 샤워를 하고 예의 하얀 가운을 입고 위생모를 쓴 후 특제 장화를 신었다. 이 방호복을 입으면 일단 상처는 가려진다.

시설 내의 사무소에서 당직 인수인계를 했다. 상사가 제어실에서 실시될 실험 내용에 변경 사항이 있다고 알려주었다. 동료 한 명이 메이데이 퍼레이드 때 딸에게 무슨 옷을 입히면 좋겠느냐고 물었다. 대답을 하는 둥 마는 둥 했는데도 언제 해고당할지 모르는 남자 따위에게는 별 관심이 없는 탓인지, 별로 이상하게 여기지 않는다.

내 손에는 아직도 칼의 감촉이 선명하게 남아 있었다. 율리아는 아직 이 도시에 있다. 보나 마나 그 여자가 보호하고 있을 것이다. 율리아가 키예프로 떠나기 전에 무슨 수를 써서든 그 기자가 사는 곳을 알아내서 이 손으로 결론을 내야 한다. 그 일로 머리가 복잡했던 나는, 상사가 창고로 가라고 명령하는 말에도 바로 반응하지 못했다.

"어이, 듣고 있는 거야? 창고로 가라잖아. 경비부에서 연락이 왔어. 우리 창고 서치라이트의 배터리가 떨어지지 않았는지 확인해달래."

"네. 지금 바로."

심사의 언성이 높아진 후에야 허둥지둥 대답했다. 속으로는, 그런 일은 경비부 사람들이 확인하면 되잖아, 하고 투덜거리면서도 내색하지 않고 같은 건물 안에 있는 창고로 걸음을 서둘렀다. 비품이 잡다하게 쌓여 있는 창고에서 손전등을 비추며 한창 배터리를 찾고 있을 때였다.

　불현듯 뇌리에 '추락'이라는 두 글자가 스쳤다. 여객기나 뭔가가 위에서 처박힌 것일까? 이어지는 충격에 이번에는 '공격'이라는 두 글자가 떠올랐다. 그와 동시에 서 있던 자리에서 몸을 웅크렸다. 대체 무슨 일이 일어난 것일까? 시야를 가로막은 이 벽은 뭘까?

　"어이, 거기 사람 있어?"

　공포에 짓눌려 고함을 지르면서 나는 겨우겨우 윗몸을 일으키고 창고 문을 향해 손전등을 비췄다. 그 순간 피어오르는 흙먼지 너머에 드러난 것을 보고 온몸에 소름이 좍 끼쳤다.

　창고 문이 없었다. 두꺼운 콘크리트 벽이 송두리째 무너져 있었다.

　"살려줘!"

　혹시 미군인가. 전쟁이라도 시작된 것인가. 공포에 질린 나는 기다시피 창고를 뛰쳐나왔다. 통로에서 필사적으로 사방을 돌아보았지만 시야가 뿌예서 상황을 파악할 수 없었다. 정전이 된 것만은 분명했다. 사방이 깜깜했다. 그리고 짙은 안개 같은 흙먼지. 손전등을 위로 들자 천장에 구멍이 뻥 뚫려 있었다. 거기서 눈처럼 보슬보슬 떨어지는 황동 가루. 금방이라도 붕괴될 듯한 천장에 깔려 죽을지도 모른다는 공포에 오금이 저려왔다.

그때 통로 저쪽, 펌프실이 있는 방향에서 이쪽으로 걸어오는 낯익은 남자가 보였다. 4호기 스태프였다.

"무슨 일이야, 대체?"

스쳐 지나갈 때 물었다. 뭐 때문인지 무릎까지 젖은 그는 잠시 걸음을 멈추고 초췌한 얼굴을 일그러뜨리며 대답했다.

"몰라. 확인이 안 돼. 어쩌면 기수분리기의 드럼이나 뭔가가 폭발했을 수도 있지."

"폭발……."

"아니면 탱크든지. 제어봉을 내리라는 지시가 떨어졌는데 이런 상황에서 기계실까지 갈 수 있을지."

분진 때문에 컥컥거리면서 남자가 사라지자, 나는 타인과의 대화로 다소나마 침착함을 되찾았다. 그 내용은 차치하고. 그리고 그때서야 겨우 '사고'라는 두 글자를 떠올렸다. 원래는 가장 먼저 떠올렸어야 할 두 글자를. 이 시설에서 사고가 생겼다. 도대체 어디에서? 어떤 사고가? 아무튼 지금 가장 중요한 것은 사태를 신속하게 수습하는 것이다. 이 시설은 반드시 안전해야만 하는 곳이다.

"어이, 괜찮나?"

분진 너머에서 또 목소리가 들려 손전등을 비췄다. 이번에는 같은 부서의 동료였다.

"어, 그쪽은?"

"나는 괜찮은데 펌프실에 부상자가 생긴 모양이야. 자네가 무사한지 확인하고 그쪽에 가서 구조하라는 지시를 받았어."

"대체 이게 무슨 일이야?"

"글쎄. 펌프실에 가보면 알 수 있지 않겠어?"

상황이 그래서 동료와 함께 펌프실로 걸어가던 나는, 거기에 도착하기 전에 부상자를 3호기 쪽으로 옮기는 스태프 몇 명과 마주쳤다. 부상자는 온몸이 피범벅이었고 누군지 얼굴도 알아볼 수 없었다. 대체 어떻게 된 일인가.

스태프 중 한 명에게 물었다.

"대체 무슨 일이야?"

"중앙 홀이 날아갔어."

중앙 홀이 날아갔다. 그 말의 의미를 잠시 생각하고는 고개를 저었다.

"있을 수 없는 일이야."

"일어났어."

"그럴 리가, 왜……."

"지금은 그런 걸 따지고 있을 틈이 없어. 아무튼 노심이 걱정이야. 자동 냉각 장치도 작동하지 않아 더 걱정이고."

그 말만 남기고 그는 부상자를 쫓아갔다. 나는 그 말의 의미를 다시 생각했다. 자동 냉각 장치가 작동하지 않는다. 그 또한 더없이 심각한 사태지만 있을 수 없는 일은 아니다. 예정된 실험 때문에 4호기의 안정 장치는 일시적으로 정지되어 있을 것이다.

"큰일이군. 무슨 일이 벌어졌든 노심을 냉각시키지 않으면 최악의 사태를 피할 수 없을 거야."

조금 전까지 퍼레이드 의상을 고민하던 동료도 파랗게 질린 얼굴로 말했다.

"자동 냉각 장치가 소용없다면 수동으로 송수하면 되지."

나는 그에게 비상 상황 매뉴얼을 상기시켰다.

"수동? 이 지경에 거기까지 어떻게 간다는 거야?"

"밑에서 할 수 없으면 27층까지 가서 밸브를 열면 돼."

내가 생각해도 완벽한 해결책이지만 동료의 표정은 시원치 않았다. 아무튼 가보자고 재촉하는데도 그는 그 자리에서 꼼짝하지 않았다.

"왜 그러는 거야? 겁이 나서 그래?"

"위에서 아무런 지시가 없었어."

"뭐라고? 지금은 비상시라고. 설마 상사의 지시가 떨어져야 간다는 말은 아니겠지?"

웃지 못할 농담이었는데, 그는 농담으로조차 받아들이지 않는 눈치였다.

"아무튼 나는 일단 돌아가서 지시를 기다리겠어."

오오, 위대한 관료주의여. 어둠 속으로 사라지는 동료의 뒷모습을 멀거니 바라보면서, 나는 그의 행동 원리가 이해되지 않는 것은 아니었다. 이 직장에서는 정의나 도리보다는 서열이 우선이다. 내일 지구가 멸망하는 한이 있어도 우리는 상사의 안색이나 계속 살필 것이다.

그 행동 원리를 무시하고 내가 27층으로 향한 것은, 서열을 넘어 절대적인 힘을 갖고 있는 율리아 때문이었다. 나는 율리아와 약속했다. 이 시설은 안전하다고. 그 말에 거짓이 있어서는 안 된다. 만에 하나 노심에 무슨 일이 생기면 4킬로미터 떨어진 그 도시에도 막대한 피해가 발생한다. 율리아는 아직 거기 있다. 대규모 폭발은 절대 일어나서는 안 된다.

27층으로 이어지는 통로는 천장의 균열에서 떨어지는 물 때문에 온통 늪처럼 질척거렸다. 어째 비상 냉각용 탱크에서 물이 새는 듯했다. 장화 신은 발로 물을 헤치고 손전등 빛에 의지해 앞으로 나아가면서, 나는 침착함을 유지하기 위해 "괜찮아, 아무 일 없을 거야" 하고 수도 없이 혼자 중얼거렸다. 과학 아카데미 총재가 보장했다. 대형 사고가 발생할 확률은 길을 걸어가다 떨어지는 운석에 맞을 정도에 지나지 않는다. 절대 안전하다. 그런데 왜 이렇게 손전등 빛이 부연 것일까. 손이 흔들리는 탓일까, 현기증이 나는 탓일까. 가슴속에 메슥거리는 덩어리 같은 것이 뭉쳐 있다. 머릿속이 뜨끈하고 아프다. 아니, 머리는 물론 허벅지를 비롯해 온몸이 아프다. 상처.

괜찮아. 머리를 스친 암울한 사실을 떨쳐낸다. 입술이 얼얼해온다. 손을 대보니 물집 같은 것이 만져졌다. 괜찮아. 밸브만 열면 사태는 진정될 것이고, 그 도시의 5만 인구는 무사할 것이다. 나와 율리아는 변함없이 행복한 엘리트 가도를 걸을 것이고, 국가의 위신이 걸린 우리의 기술은 영원히 이 나라 국토를 밝힐 것이며, 부모님은 아들을 자랑스럽게…….

괜찮지 않을지도 모른다, 하는 약한 마음이 처음으로 든 것은 휘청거리는 다리를 이끌고 간신히 27층에 도착했을 때였다.

도착했다. 폐쇄감이 느껴지는 좁은 공간에서 한숨 돌리고 있는데, 갑자기 세상이 깜깜해졌다. 서 있을 수 없었다. 무릎이 픽 꺾였다. 다행히 잠시 후 평형감각이 돌아와 서둘러 자세를 바로 했지만, 그 통로를 다시 돌아갈 체력이 자신에게 남아 있을 것 같지 않았다.

율리아. 절망적인 상황을 인정하고서야 비로소 시야에서 분진이 일거에 사라진 것처럼 신기하게 의식이 또렷해졌다. 율리아, 미안해. 어쩌면 괜찮지 않을지도 모르겠어. 이곳은 안전하지 않았는지도 몰라. 이 몸으로 그걸 증명하게 될지도 모르겠군.

계속 속이 메슥거리고 몸이 나른했다. 그러나 아직 할 일이 남아 있다. 밸브는 캄캄한 통로 저 끝에 있다. 맥이 풀린 손으로 손전등을 받치고, 나는 기어서 거기까지 이동했다. 지금까지의 인생에, 그리고 지금 자신에게 있는 모든 것을 팔에 담아 없는 힘까지 쥐어짜 밸브를 돌린다. 돌아가지 않는다. 다시 한 번. 그러나 돌아가지 않는다. 몇 번이나. 돈다. 돌았다. 열린 틈으로 쉭 하는 소리와 함께 증기가 뿜어 나왔다. 이제 노심은 안전하다. 긴장이 풀리면서 동시에 힘이 다 떨어져 그 자리에 쓰러졌다.

율리아, 율리아, 율리아. 이성적으로 사랑하지 못해서 미안해. 죽이려 해서 미안해. 당신을 믿어주지 못해서 미안해.

의식이, 과거가, 이 세계가 급속하게 자신에게서 멀어지는 것을 느끼면서, 결혼하고 처음 나는 남편으로서 아내를 위해 기도했다.

아무쪼록 당신은 살아남기를. 키예프라도 괜찮아. 누구와 같이 살든 상관없어. 안전한 곳에서, 후회 없는 인생을 끝까지 살아주길. 그리고 만약 다음 생에서 만날 수 있다면.

내 것이 되지 않아도 괜찮아. 타인이라도 괜찮아. 오직 순수하게 당신의 행복을 빌 수 있는 나이기를.

아무쪼록, 부디, 아무쪼록.

파란 하늘

아침에 눈을 뜨자마자 하는 생각은 그렇게 틀리지 않는다. 문득 그런 생각이 들었다.

베개 표면에 아직 꿈의 흔적이 묻어 있는, 의식과 무의식의 경계. 눈을 가늘게 뜨고 붉게 물든 아침 하늘에 녹아드는 어둠을 바라보면서 나른하게 늘어져 있다. 그런 때, 아직 절반은 잠 속에 있는 뇌에 자연스럽게 스며드는 '생각'에는 함부로 할 수 없는 진실이 담겨 있다. 그런 것 같다.

반대로 밤에 잠들기 직전까지 구질구질하게 했던 생각은 별 것 없다. 태양이 떠오르면 일목요연해진다. 그 생각이 '그 여자와 반드시 헤어진다' 하는 것이든 '두 번 다시 술을 안 마시겠다' 하는 것이든, 밤중에 뇌가 만지작거리는 헛소리는 다음 날 아침까지 버틸 만한 힘이 없다. 차라리 야한 생각이나 하면서 자는 편이 그나마 낫다.

그런데 오늘 아침에 내가 눈을 뜨자마자 한 생각은, 아들 교스케에 대한 것이었다.

'역시 그 녀석은 내가 키워야 하지 않을까.'

아직 잠이 덜 깬 머리에 불쑥 그런 의구심이 솟구쳐 나 자신도 놀랐다. 교스케에 대해서는 바로 며칠 전 심사숙고한 끝에 결단을 내렸기 때문이다.

교스케는 장인 장모에게 맡긴다. 지난 석 달 동안 그 문제로 밤낮으로 고민하고 또 고민하고 뱃살까지 쭉 빠질 정도로 심각하게 생각한 결과, 고통스럽게 내린 결단이었다.

"교스케가 아홉 살치고는 너무 말이 없는 게 아닌가 싶네. 역시 집에서 의사소통이 잘돼야 하는데. 우리 집 같으면, 이 할미는 종일 집에 있지, 밤에는 할아버지도 있지, 고양이도 세 마리나 있잖은가. 교스케가 원하면 할아버지는 강아지도 키울 수 있다고 했고. 자네도 회사 일이 힘든데 혼자서 다 짊어지는 것보다는, 교스케를 위해서라도, 그렇지 않은가."

번뇌의 발단이 된 장모의 지적. 회사에 다니는 나와 교스케 사이에 의사소통이 충분히 이루어지고 있다고는 볼 수 없었다. 야근하는 날이 많아 평소에도 잘 돌봐줄 수 없는데, 휴일까지 일하게 되면 초등학교 3학년짜리 사내아이를 혼자 집에 놔두게 된다.

일주일에 한 번 몰아서 만드는 반찬은 전부 대충대충이다.

아들이 불평을 하지 않아 죄책감이 더욱 커진다.

엄마를 잘 따르고 좋아했던 교스케는 아버지인 내게 그 대역을 원하지 않았다. 아내가 죽은 후 안 그래도 얌전한 교스케는 점차 말수가 적어졌고, 부자지간의 대화는 '일상생활에 필요한 최소한'의 말에 국한되었다. 갖고 싶은 거 없니? 가고 싶은 데 없니? 공부는 잘돼? 뭐라고 물어도 교스케는 애매하게 고개를 저을 뿐이었다. 속을 털어놓지 않고 마음도 열지 않았다.

그것만으로도 충분히 자신감을 잃었는데, 장모가 '교스케를 위해서라도'라는 무쇠 같은 주문을 거듭하는 터라 '교스케를 위한다는 건 무엇인가' 하는 고민으로 머리를 쥐어짠 나머지, 결국 나는 남자 혼자 몸으로 자식 키우기를 포기한 것이다.

"갑자기 환경이 바뀌면 좀 그러니까 우선 다음 연휴에 외가에서 한번 재워보면 어떻겠습니까? 짧게 홈스테이를 하는 식으로 말이죠."

미련이 남아 그런 조건까지 붙이고 항복했지만, 미토에 사는 장인 장모는 흔쾌히 동의해주었다.

눈을 뜨자마자 그런 결단과는 정반대의 목소리가 머리를 스친 것은, 그야말로 교스케를 데리고 짧은 홈스테이를 위해 미토로 가려고 한 날 아침이었다.

그토록 심사숙고해서 내린 결론인데 정작 이제 와서 무슨.

미련을 떨치지 못하는 내가 어이없었다.

동시에, 생각하고 생각한 끝에 내린 결론보다 이렇게 아침에 눈을 뜨자마자 문득 떠오른 생각이 오히려 절대적으로 옳지 않을까, 하는 확신도 있었다. 논리적인 생각이 아니어서 더욱이.

그렇다, 나는 교스케를 떠나보내서는 안 된다. 아무리 못난 아버지라도, 혼자 있는 시간이 많아 외롭고 맛없는 밥을 먹어야 하는 한이 있어도, 그리고 지금 이 시점에 그런 생활이 교스케를 위한 것이 아니라 하더라도.

그것은 아침 이슬처럼 반짝반짝 빛나는 명백한 진실이었다. 하지만 인간이 반드시 진실의 길을 걷지만은 않는다는 것도 진실이다. 결론부터 말하자면 나는 그 아침, 돌이킬 기회는 지금밖에 없다는 것을 충분히 알면서도 결국 교스케를 데리고 미토에 있는 처갓집으로 향했다.

이제 와서 장인 장모에게 마음이 바뀌었다고 할 수는 없다. 이유는 그거 하나로 족했다. 외동딸을 앞세우고서 와해된 세계를, 손자를 사랑하는 행위로 다시 구축하려는 노부부를 겨우 '아침에 눈을 뜨자마자 그런 생각이 들어서'라는 이유로 다시 나락으로 떨어뜨릴 수는 없었다. 어젯밤 장모에게서 걸려온 재차 확인하는 전화. 북받치는 감정을 억누르다 못해 비져 나온 들뜬 목소리 뒤에서 강아지 짖는 소리가 울렸다. 이미 늦었다.

새벽 5시. 교스케가 차날미를 히기 때문에 도로가 붐비기 전에 집을 나서려고 일찍 일어나라고 잔소리를 했는데, 아이는 한번 칭얼거리지도 않고 일어나 묵묵히 준비를 시작했다. 딱히 기뻐하는 눈치도 아니지만 외갓집에 자러 가는 게 싫은 눈치도 아니었다.

"학교 숙제, 잘 챙겼니?"

"응."

"스마트폰도 넣었지?"

"응."

"밤에 자기 전에 꼭 전화해야 한다."

"응."

그제 만들어놓은 카레를 데워 먹이고, 아파트 지하 주차장에 있는 짙은 감색 데미오에 탄 시간은 새벽 6시 조금 전. 나리마스에 있는 이 아파트에서 처갓집까지는 막히지 않고 가면 약 2시간 거리다. 아직까지는 돌이킬 수 있다. 가슴속을 휘젓는 미련을 떨쳐내려 나는 액셀을 꽉 밟았다. 다행인지 불행인지 이른 아침의 길은 휑하게 비어 있었다. 순식간에 외곽 순환 도로를 통과해 30분 후에는 벌써 조반고속도로에 진입했다.

"멀미, 괜찮니?"

속도를 너무 올린 것 같아 걱정스러운 마음에 그렇게 묻자, 조수석에 앉은 교스케는 괜찮다고 졸린 목소리로 대답했다.

조금은 차에 익숙해진 것일까. 초등학교 3학년생쯤 되면 반고리관이 단련되는 것일까. 그런 생각을 하면서 나는 앞 유리창으로 시선을 돌렸다.

앞에서 달려가던 트럭의 짐칸에서 넓적한 합판이 떨어져 우리 차를 향해 날아온 것은 바로 그때였다.

앞 트럭에서 떨어진 합판이 뒤차의 앞 유리창을 직격하는 데 필요한 시간. 아마도 1초나 2초 정도였다고 생각한다.

한마디로, 한순간이다.

연휴 첫날, 조반고속도로를 달리는 차들은 정체를 우려해 다들 속도를 내고 있었다. 도로가 비어 있을 때 최대한 가려는 심산으로 추월 차선은 말할 것도 없고 내가 달리고 있던 3차선의 차들도 시속 150킬로미터가 넘게 속도를 내고 있었다. 그런 상황에 넓적한 합판이 날아왔으니, 그다음은 말할 것도 없다.

트럭과의 차간 거리는 기껏해야 3, 4미터. 그야말로 음속이나 광속에 버금가는 합판의 기습이었다.

부딪친다! 나는 순간적으로 각오했다. 눈을 부라리고, 숨을 멈추고. 온몸에 전율이 흘렀다. 악몽이기를 빌었다. 저렇게 흉기 같은 합판을 실을 거면 최소한 로프로 꽉 묶기라도 해야지, 하고 트럭 운전사를 원망했다. 왜 하필 이런 날 합판이 날아오느냐, 하고 나의 불운도 지주했다.

이상하다, 하고 당신은 눈썹을 찡그릴지도 모르겠다. '음속이나 광속에 버금간다'고 말한 그 혀에 침이 마르기도 전에 꽤나 이런저런 생각을 하지 않았느냐고. 겨우 1, 2초 사이에 그렇게 많은 감정을 품을 수 있느냐고.

그러나 사실이 그랬다. 트럭에서 합판이 떨어져 날아오는 동안, 공황 상태에 빠지는 한편 나는 활로를 찾아 사색을 시작했다. 내 차는 연비가 좋아 경제적이기는 하지만 튼튼함을 내세울 수는 없다. 그러니 저렇게 두꺼운 합판의 직격을 견뎌낼 리 없다. 부딪치면 곤란하다. 하지만 우리 사정이 곤란하다고 해서 속도가 붙은 합판이 그 자리에서 멈추지는 않는다. 그렇다면 우리의 피해를 최소한으로 줄이는 대책을 강구해야 할 것이다. 그러나 과연 어떤 대책이 있을까?

핸들을 꺾어 합판을 피한다?

아니다, 나는 당장에 그 안을 물리쳤다. 핸들을 오른쪽으로 꺾으나 왼쪽으로 꺾으나 다른 차선 역시 달리는 차들로 빈틈이 없다. 가령 합판은 피할 수 있다 해도 그 대신 다른 차와 충돌하는 대참사를 면치 못할 것이다.

그렇다면 어떻게 해야 하나? 아무튼 차를 세우고 합판과의 충돌에 대비한다?

귀에 익은 목소리가 뇌리에 오간 것은, 내가 순간적으로 '그래, 이거야' 하고 액셀에 올리고 있던 발을 브레이크로 옮기려던 찰나였다.

"절대 서지 마! 특히 고속도로에서 급브레이크를 밟으면 안 돼. 사고의 원인이야."

생각할 것도 없이 그건 7년 전에 돌아가신 아버지가 생전에 나를 세뇌한 경구였다.

잠깐, 잠깐, 하고 당신은 얼굴을 찡그릴지도 모르겠다. 합판이 날아오는 불과 1, 2초 사이에 거기까지 생각하다 못해 돌아가신 아버지의 말까지 떠올렸다는 거야, 하고.

그러나 사실이 그랬다. 떠올렸다.

정말 기묘한 얘기다. 하지만 잘 생각해보면 이와 유사한 체험담은 예나 지금이나 얼마든지 있다. 그렇다, 목숨이 위기에 처한 인간의 눈앞에 평생의 기억이 한순간에 죽 스쳐 지나간다는 주마등 현상이다.

내 생각에, 이런 게 아닐까 싶다. 시간이란 반드시 우리가 잴 수 있게 흐르는 것은 아니다. 특히 생사가 걸린 특수한 상황에서는, 궁지에 빠진 개개인이 원하는 바에 따라 일시적으로 늘어났다 줄어들었다 한다. 간절히 원하면 멈추는 일도 있을 것이다. 그렇게 신축되는 자유로움이야말로 시간의 원래 모습이 아닐까.

즉, 때로 시간은 시간을 초월한다.

"절대 서지 마! 특히 고속도로에서 급브레이크를 밟으면 안 돼. 사고의 원인이야."

합판이 날아오는 동안, 길게 늘어난 시간 속에서 아버지의 경구가 머리를 스쳤을 때 나는 순간적으로 발의 움직임을 멈추는 동시에 선명하게 되살아난 그 목소리를 그립게 받아들였다. 기억 상자를 뒤질 필요도 없이, 아버지가 언제 어디서 했던 말인지 똑똑히 기억하고 있었다.

내가 스무 살 되던 해였다. 대학의 여름방학을 이용해 나는 운전면허를 땄다. 그러자 아버지에게 약간의 이변이 생겼다. 그때껏 자식 교육은 어머니에게 떠맡기고, 이러나저러나 집안에서 존재감이 희박했던 아버지가 갑자기 운전 교습을 해주겠다고 나선 것이다.

"잘 들어라, 겐이치. 면허를 땄다고 해서 운전이 절로 되는 게 아니다. 빨리 익숙해지는 게 중요해. 그러려면 우선 타봐야 한다. 앞으로 주말마다 아버지가 데리고 다니마."

아버지의 옛날 친구가 교통사고로 죽었다는 사실을 안 것은 훗날의 일이다. 당시 나는, 무슨 바람이 분 거야, 하고 투덜거리면서도 아버지의 술주정과 마주한다는 각오로 주말마다 우리 집 블루버드를 타고 즉석 교관의 가르침을 받았다. 블루버드라는 차 이름은 마테를링크의 『파랑새』에서 유래한 듯하다. 그 차를 살 때 미묘하게 소녀 취향이 남아 있었던 어머니의 의향이 다분히 반영되었을 것이다.

"겐이치, 우선 도쿄의 중심 황거로 가자. 황거 주위를 세 바퀴 돈 다음 집에 돌아간다."

"겐이치, 오늘은 일반 도로를 타고 가마쿠라에 간다. 그 주변에는 사람이 많으니 주의해라. 맛있는 메밀국숫집이 있으니 오리고기 메밀을 먹고 돌아가자."

"겐이치, 오늘은 종일 주차 집중 훈련이다. 편의점이 보일 때마다 주차한다. 반나절 동안 계속하면 상당히 익숙해질 거다."

기분 내키는 대로 메뉴를 정할 뿐만 아니라, 내가 핸들을 잡고 있는 내내 아버지는 조수석에서 이래라저래라 훈계를 늘어놓았다. 커브 길에서는 자전거나 오토바이와 부딪치지 않게 조심해라. 깜박이는 미리미리 켜라. 네거리에서는 사람이나 차가 튀어나올 수도 있으니 꼭 주의해야 한다. 차선을 변경할 때마다 주춤거리면 안 된다. 시시콜콜 '안 된다'를 연발하던 아버지가 특히 수시로 했던 잔소리는 '서지 마라'는 것이었다.

"겐이치, 브레이크를 너무 자주 밟는구나. 커브를 돌 때마다 브레이크, 차간을 좁힐 때마다 브레이크, 빨간 신호가 보이는데 정지선 바로 앞까지 가서 브레이크. 초보의 전형이다. 일일이 서지 말고 액셀과 엔진 브레이크로 조정하는 요령을 익히도록 해라."

옆에서 "서지 마라" 하고 외칠 때마다 나는 당황해서 액셀을 밟고는 핸들을 잡은 손에 낢을 쥐었다.

"그렇게 몇 번씩 말 안 해도 안다고."

"집중이 안 되니까 잠자코 좀 있어요."

그렇게 도리어 아버지에게 화를 내서 차 안 분위기를 망친 것도 한두 번이 아니었다.

그렇다고 주말마다 이어지는 특별 훈련이 내게 그저 고행이었느냐 하면, 딱히 그렇지는 않았다. 날로 운전에 익숙해져 긴장이 풀어지자, 그전에는 별 접점이 없던 아버지와의 드라이브를 나름대로 즐기는 여유마저 생겼다. 전후 불문하고 10주에 걸친 그 특훈 기간만큼 우리 부자가 친밀하게 지낸 적은 없었다.

특별 훈련의 마지막 관문은 고속도로였다. 일반 도로의 제한속도조차 빠르게 느껴지는 내게 최대의 관문. 특히 끼어들기를 할 때와 차선을 변경할 때 나는 타이밍을 놓치고는 늘 브레이크를 밟았다. 그럴 때마다 아버지는 "서지 마!" 하고 소리를 질렀다.

"겐이치, 특히 고속도로에서는 최대한 브레이크를 밟지 마라, 알겠냐."

"까딱하면 뒤따라오는 차에 받힐 수도 있다."

"차의 흐름을 따라라. 막으면 안 돼. 급브레이크는 사고의 원인이다."

전에 없이 집요하게 계속되는 아버지의 잔소리를 거의 한 귀로 듣고 한 귀로 흘렸다. 뒤에 오던 차가 줄줄이 추월하는 터라 겨드랑이에 식은땀을 줄줄 흘리고 있던 나는 반성도 배움도, 하물며 말대답을 할 여유도 없었다. 아버지의 목소리는 뒤로 흘러가는 풍경과 함께 흘렀다가 차가 뿜어내는 배기가스에 섞여 흩어졌다. 그렇게 생각했는데 그 '흩어진 잔소리'가 무려 17년 후 앞에서 달리던 트럭에서 떨어진 합판이 날아오는 와중에, 시공을 건너뛰어 아들을 구하게 될 줄은 아버지도 상상조차 못했을 것이다.

"서지 마라!"

그 순간 아버지의 목소리를 떠올리지 않고서야 어찌 급브레이크를 밟지 않을 수 있었겠는가. 시속 150킬로미터의 흐름 속에서, 만약 그때 급정차를 했다면 과연 어떤 비극이 우리를 기다리고 있었을까.

오래전에 돌아가신 아버지 덕분에 살았다. 이런 형태로 과거가 현재에 보탬을 주는 일도 있나, 하고 하마터면 브레이크를 밟을 뻔했던 나는 절절한 감회에 젖으며 저세상에 계신 아버지에게 17년 늦은 감사를 드렸다.

또, 또, 그런 말도 안 되는, 하면서 당신은 이번에야말로 실소를 터뜨릴지도 모르겠다. 아무리 그래도 그렇지 합판이 날아오는 판국에 절절한 감회에 젖을 틈이 어디 있어, 하고.

그러나 틈이 있었다. 잠으로 십요하다 싶겠기만 시간이란 그런 것이다.

합판이 날아오는 불과 1, 2초 사이에 나는 정말 그 경구를 재생했고, 17년 전에 받았던 특별 훈련의 나날을 그리워했으며, 뒤늦게 아버지에게 감사하며 마음속으로 두 손을 모았다.

게다가 또 있다. 아버지를 둘러싼 회상에 잠기는 한편, 나의 뇌 어딘가 다른 곳에서는 동시에 다른 생각도 한 듯한 감이 있다.

감이 있다. 그게 무슨 말이냐 하면, '이런 것'이라고 정확하게 설명할 거리도 없이 그저 단편적인 이미지라고 할까, 영상이라고 할까, 먼 옛날의 꼬리 같은 것이 색감 혹은 냄새로 아주 잠깐 머릿속을 헤집고 지나갔다는 뜻이라고 할 수 있겠다.

아야.

날아오는 합판과 대치하는 순간, 아버지를 생각하고 있던 내 안에 아야의 잔영 역시 고속으로 휙 지나갔다. 아버지가 선이었다면 아야는 점, 아버지가 바다라면 아야는 제트스키.

아야는 고등학교 시절 내가 흠모했던 같은 반 여자애였다. 아니, 진짜로 좋아하게 된 것은 고등학교를 졸업하고 그녀가 미대에 진학한 후였는지도 모른다. 졸업 후에도 반창회 모임을 통해 느슨하나마 친구 관계를 이어가던 중에, 얼굴을 마주할 때마다 화가가 되고 싶다며 미대생다운 꿈을 눈이 부실 만큼

환하게 웃는 얼굴로 말하는 그녀에게 마음을 빼앗겼다.

내 생각에 인간은 항성 유형과 행성 유형이 있지 않나 싶다. 스스로 빛나는 자와 타자의 빛을 반사하는 데 유능한 자. 명백하게 후자인 나는 전자인 이성에게 약하다.

그런 건 됐으니 아야와 날아오는 합판의 관계나 밝히라고 당신은 답답해할지도 모르겠다. 그 '관계'를 논리 정연하게 해명할 재주는 없지만, 일단 짚이는 구석은 있으니 진정하고 한숨 돌리기를 바란다.

미대생이었던 4년 동안 아야는 거의 매일 간판 그리는 아르바이트에 열을 올렸다. 매일 돌아보면 자신이 늘 어디에다 물감을 칠하고 있더라고 하면서 무릎에 묻은 일의 흔적을 보여준 적도 있다.

나는 아야에게 무슨 얘기든 하고 싶어서 물었다.

"간판 그림을 어떤 데다 그리는데?"

"여러 가지야."

아야는 바로 대답했다.

"철판이나 알루미늄판에 그릴 때도 있고 합판에 그릴 때도 있고."

"합판?"

"응. 좀 크면 중노동이지만, 그래도 난 합판의 질감이 싫지 않아."

그렇다, 그래서다. 아마도. 십중팔구. 합판의 기습과 더불어 어느 신경 회로가 어떻게 꼬였는지, 저 먼 옛날의 가슴 뭉클한 일화가 기억 속에서 역류한 게 아닐까. 절박한 긴급 상황에서 조차 그 잔영은 어딘가 모르게 감미롭게, 나를 설레게 했던 청춘의 한 페이지로 재림했다.

당신은 이제 콧방귀를 뀔지도 모르겠다.

"아주 제정신이 아니군. 까딱 잘못하면 죽을 마당에 절절하게 감회에 젖었다느니, 가슴이 설렜다느니, 그런 게⋯⋯."

어처구니가 없어 말이 안 나올지도 모르겠다. 그렇다면 정말 말을 꺼내기가 쉽지 않은데, 이 합판 충격이 부른 시간의 팽창을 얘기하는 데 있어 여기까지는 사실 서막에 지나지 않는다.

생각해보시라. 이 시점까지 합판은 아직 내 차에 부딪히지 않았다.

말하자면, 여기까지는 '빅뱅 이전'의 얘기다.

이제 본격적으로 '빅뱅 이후'로 옮겨가기 전에, 한 가지 양해를 구하고자 한다.

핸들을 잡고 있는 내 옆, 조수석에 앉은 교스케.

당신은 그가 거기 있다는 것을 까맣게 잊었을지도 모른다. 그러나 나는 한시도 아들을 의식 밖으로 쫓아내지 않았다. 합판의 기습에 전율하면서도 시야의 한 점에는 늘 교스케를 포착하고 있었다. 아버지를 생각하며 절절해하고 아야를 생각하며 가슴 설레는 한편, 아들에게 만에 하나의 일이 생기면, 하는 상상만 해도 애가 타 견딜 수가 없었다. 시간이란 것의 포용력 안에서 그 여러 가지 생각은 서로 모순되지 않는다.

시야의 한 점에 포착된 교스케 역시 나와 마찬가지로 있을 수 없는 기습 사태에 당황하고 있었다. 그야말로 놀라서 어쩔 줄 모르는 표정. 이제 몇 초 후면 놀람이 공포로 변할지도 모르겠지만 1, 2초 사이에는 기껏해야 '당황하는' 정도나 할 수 있다. 물론 그의 내면에서 나처럼 주마등 현상이 발생했을 가능성도 적지 않지만.

이 아이를 지켜야 한다. 합판과 충돌하기 직전, 나의 의식 대부분을 차지하고 있던 것은 그 한 가지 생각이었다. 무슨 일이 있어도 이 아이만은 지켜야 한다. 나는 속으로 맹세했다. 신이 존재한다면 아무쪼록 교스케를 살려주십시오. 맹세하고는 신에게 그렇게 부탁도 했다. 신보다는 악마가 일회성 파워가 크다면, 이 혼을 악마에게 팔아넘겨도 좋다고까지 생각했다.

신과 악마.

그렇다, 그것이 마지막 순간에 나의 뇌리를 스쳤다.

그리고 합판과 충돌했다.

실제로 고막을 찢는 듯한 소리가 났는지, 충격이 환청을 불렀는지, 아니면 엄청난 소리의 충격이 온몸을 울렸는지, 뭐가 어떻게 된 건지는 잘 모른다.

쾅, 하고 부딪친 다음 차체가 오른쪽으로 크게 선회하고 핸들이 말을 듣지 않았다. 경험은 없지만 스핀과 비슷한 감각이지 않을까. 그 충격과 함께 앞 유리창에 비닐우산을 펼친 것처럼 좌좍 균열이 생겨 시야가 헷갈린 나는 이성을 잃고 말았다.

틀렸어. 추월 차선으로 돌진하겠어.

급브레이크를 밟든 말든 결국은 똑같았다. 흐늘흐늘하게 늘어난 시간 속에서 비관이 나를 완전히 물들였다. 교스케를 지키겠다는 맹세는 어디로 갔는지, 너무도 쉽게 모든 것을 내던지고 체념했다. 나락으로 곤두박질치는 와중에 한 줄기 빛처럼 아들의 목소리를 듣기 전까지는.

"엄마!"

분명히 들렸다. 엄마. 밤에 우는 갓난아기처럼 교스케는 온힘을 다해 외쳤다.

진정한 의미에서 빅뱅이 발생한 것은 그때였다고 생각한다.

엄마. 8개월 전 아내가 저세상으로 떠난 후로 아들이 처음 엄마를 부른 목소리였다.

엄마. 마치 무슨 비술이나 주문처럼 그 한마디가 나를 공황 상태에서 구했다.

엄마. 그렇지, 하고 정신을 차린 나는 깨달았다. 이 절망적인 궁지에서 교스케를 구할 수 있는 사람은 신도 악마도 아니고 하물며 나도 아닌, 그의 엄마인 아야뿐이라는 것을.

동시에 불가사의하게도—새삼스럽게 무슨 불가사의 운운 하느냐고 하는 것도 당연하겠지만—거기에 아야가 나타났다. 형태는 없었다. 목소리도 없었다. 하지만 냄새와 습도, 미묘한 공기의 진동으로 알 수 있었다. 아야는 틀림없이 거기 있었다.

그렇지 않다면 설명이 되지 않는다. 그렇게 공황에 빠져 있었는데, 아내의 기척을 감지하는 순간 나는 눈을 번쩍 뜨고 핸들을 다시 잡은 다음 궤도 수정에 착수했다.

딱딱하게 굳어 쓸모없었던 손에 힘이 돌아왔다. 추월 차선을 달리는 차에 들이받히기 직전, 아슬아슬하게 앞바퀴를 왼쪽으로 돌렸다. 거의 신의 조화에 가까운 이 일 하나만 보아도 그 행위에 아야가 개입했다는 것에 의심의 여지가 없었다.

합판의 기습에 따른 충격에서 차를 제자리에 돌려놓기까지 소요된 시간은 1, 2초라고까지는 할 수 없지만, 기껏해야 10초 안팎이었을 것이다. 눈에 보이지 않는 힘을 빌려 바퀴를 조종하는 동안, 나는 제 자식을 구하려는 어미의 의지에 가슴이 뭉클했고, 감격했고, 황송스러웠다. 감히 남자는 당해낼 수 없구나 하며 비굴해지기까지 했다. 그러나 그녀가 지켜낸 것은 교스케만이 아니었다. 나 또한 그녀가 목숨을 구한 한 사람이라는 데 생각이 미치는 순간, 차 안에 아지랑이처럼 살랑살랑 피어오르던 '엄마 아야'의 기척이 '아내 아야'로 변했다. 그리고 지난 8개월 동안 굳이 메우려 하지 않아 바람이 숭숭 드나들던 가슴 구멍에서 따스한 기운을 느끼며 나는 오직 한 마음으로 아내를 생각했다. 아야. 아야. 아야. 아야. 아야.

좋아하는 사람 아야를 아내 아야로 바꾸는 데는 별다른 마술이나 힘겨운 재주가 필요치 않았다. 우리는 그저 나이가 들었을 뿐이었다.

사람은 누구나 고루 나이를 먹는다. 대학 시절에는 여름, 겨울로 1년에 두 번이던 고교 시절 반창회가 모두들 사회인이 되고 나자 연말의 송년회 한 번으로 줄었다. 그 유일한 모임에 나오지 않는 친구도 늘어 이제 옛날 친구라는 느낌마저 사라지고, 더 나이가 들자 친구가 이렇다 저렇다 떠들어대는 일도 없어져, 흥청망청 마시고 노는 게 전부였던 반창회도 차분해졌다.

대학을 졸업하자마자 소식이 끊긴 친구 중 하나였던 아야를 다시 만난 것은 우리가 스물일곱 살이던 겨울, 서로가 아는 친구의 결혼식 원탁에서였다. 와인을 수입하는 회사에 다닌다는 아야는 이제 몸 어디에도 물감의 흔적은 없었다.

"그림은, 아직 그려?"

"응, 그냥 취미로."

웃으면서 유화로 돈벌이를 할 만큼 재능은 없었다고 변명도 자기 비하도 아닌 말을 하는 모습이 좋게 보인 것은, 나 역시 처음 다녔던 회사가 성격에 맞지 않아 그만두었고, 양다리를 걸쳤다가 오래 사귄 여자에게 차이는 등 나름대로 좌절을 겪었기 때문인지도 모른다.

"몰랐겠지만, 나 고등학교 다닐 때 고무라가 마음에 좀 있었어."

"뭐? 왜, 왜?"

"양말 무늬가 독특해서."

2차를 마치고 돌아가는 길, 집이 같은 방향인 그녀와 둘이서 어영부영 3차를 가게 되었고, 혼자서만 좋아했다고 여긴 아야가 내 양말에 관심을 가졌다는 사실을 알게 되었다. 흥분한 나는 바로 그녀에게 메일 주소를 물었고, 그 후 몇 번이나 데이트를 했고, 그러다 사귀기 시작했고, 결혼한 후에는 일상을 같이했다.

둘이 있는 것이 '특별'한 일에서 '평범'한 일이 되었고, 서로가 어떤 일에 화를 내고 웃는지 파악하고, 동떨어져 있던 식성도 비슷해질 무렵 아이가 태어났다. 에너지 보존을 위해 부부 싸움을 피했고, 독특한 무늬를 찾아 경쟁하듯 사들인 교스케의 양말이 늘어나고, 그렇게 조금씩 함께하는 시간을 쌓아갔다.

10년 동안. 서로의 피부가 녹아들 만큼 긴밀한 시간을 보냈음에도, 그랬음에도 아야 안에는 마지막까지 내가 파고들 여지가 없는 그녀만의 작은 방이 있었던 것 같다.

그렇다. 결혼한 후 그녀가 붓을 드는 모습을 점차 볼 수 없게 되었지만, 아이를 낳고 난 다음에는 육아에 방해가 되는 이젤을 창고에 처박았지만, 아야의 내면에서 그림을 향한 마음이 완전히 사라지지는 않았을 것이다.

때로 불현듯 한 점을 응시하면서 그 앵글을 눈동자로 오려내듯 시각 이외의 모든 감각을 정지시킨다. 마치 먹잇감을 노리는 새 같은 본능적인 옆얼굴.

"그리면 되잖아."

"응? 아, 응."

내가 옆에 있다는 걸 의식하는 동시에 아무 일도 없었던 것처럼 다시 감각을 되돌린다.

"나중에, 좀 안정이 되면."

인생은 앞으로 나아갈수록 불안정해진다는 진리를 그녀는 언제 깨달은 것일까.

교스케가 아토피를 심하게 앓아 아이에게 맞는 한방약을 찾기 위해 발이 닳도록 동분서주했다. 아야의 할아버지가 남긴 유산을 둘러싸고 골육상쟁의 비극이 벌어졌다. 우리 어머니는 나잇값도 못하고 다카라즈카 가극단에 심취한 나머지 스타 배우에게 거액의 조공을 받친 것이 들통나, 격노한 아버지와 이혼 직전까지 갈만큼 옥신각신했다. 아야의 숙모는 신흥종교에 빠져 집을 나갔다가 3년 후 무일푼이 되어 속세로 돌아왔다. 비 내리던 날 주워 들인 늙은 고양이가 죽었다. 하필 같은 날 군마의 온천 여관에서 아버지가 뇌경색으로 쓰러졌다. 어머니로부터 위독하다는 소식을 받고 곧바로 차를 몰아 그곳 병원으로 달려갔지만, 아버지는 외동아들이 도착할 때까지 기다리지 못하고 세상을 떠났다. 그렇게 브레이크를 밟지 않고 달린 적은 전무후무한데도.

잇달아 덮쳐오는 현실의 거친 파도에 시달리면서도, 누구나 그렇듯이 나 역시 '지금만 잘 넘기면' 하고 생각했다. 지금이 가장 바쁜 시기니까 이 고비만 넘기면 평온한 제2의 인생이 시작될 것이라고. 그때가 되면 아야를 데리고 스케치 여행도 하고, 느긋하게 여생을 마음껏 즐기면 된다고. 시간은 아직 충분하다고.

그런데 작년 가을에 난데없이 아야가 몸이 이상하다고 하더니 바로 병석에 누웠고, 악의에 찬 농담처럼 의사에게 시한부 선고를 받았다. 절망만이 가득했던 투병 생활이 95일간 계속되었다. 마지막 한 주는 의식조차 없었기 때문에 언제 저승

사자가 찾아왔는지도 애매하다. 네가 향년 서른일곱이라는 아내의 나이를 좀처럼 받아들일 수 없었던 것은 그 젊음과 그 갑작스러움 때문이기도 하지만, 아야가 하고 싶어 했던 것을 제대로 하게 해주지 못했다는 죄의식이 작용해서였는지도 모른다.

나의 아내만 아니었더라면, 교스케의 엄마만 아니었더라면, 아야는 좀 더 아야답게 빛나는 인생을 보낼 수도 있지 않았을까. 내 아내가 된 탓에, 교스케의 엄마가 된 탓에, 내가 아야로부터 빼앗아서는 안 되는 것을 빼앗은 것은 아닐까. 그 상실감에 따른 실망이 그녀를 이른 죽음으로 이끈 것은 아닐까.

지난 8개월 동안 그런 자책이 끊임없이 따라다녀, 나는 나를 용서하지 못하고 있었다. 아내의 죽음으로 감당해야 했던 나 자신의 상실감을 천벌이라고 여길 정도로.

그렇다. 앞에서 달리던 트럭에서 합판이 날아왔을 때, 그 예기치 못한 사태에 당황하면서도 나는 올 때가 왔다고 생각하고 있었다. 아버지의 추억에 젖고, 아야의 젊은 날에 가슴 설레고, 미칠 듯이 교스케를 걱정하면서도, 이것이 내게 내리는 하늘의 벌이라면 기꺼이, 두말 없이 받아들이자고 생각했다. 아야가 데리러 온 것이라면.

그러나 아야는 데리러 온 것이 아니라 나와 교스케를 살리러 온 것이었다. 차 안에서 아내의 기척을 느낀 후의 1분 1초, 아니 훨씬 더 짧은 한 장면 한 장면에서 나는 우리를 살리려는 아야의 강한 의지를 느꼈다. 이 세상과 저세상의 경계를 뛰어넘을 만큼, 합판 따위는 문제가 되지 않을 만큼 작열하는 본능적인 모성을.

그리고 겨우 깨달았다.

지난 8개월 동안 아무리 회한에 찬 밤을 지냈어도, 폭주하는 외로움에 통곡하는 때가 있었어도, 아침에 눈을 뜨면 언제나 떠오르는 것은 아야의 웃는 얼굴이었다. 나와 교스케 옆에서 깔깔거리고 웃던 엄마이자 아내의 모습이었다.

그것이 아야의 진실이었다.

완전히 통제력을 상실한 차를 다시 궤도에 올려놓고, 앞 유리의 균열 때문에 어지러운 시야를 백미러와 사이드미러로 보완하면서 왼쪽 차선으로 이동해 차선을 넘어 갓길에 차를 세웠다. 사이드브레이크를 당기고 주차 기어를 넣은 다음, 뒤에서 오는 차를 위해 비상등을 켰다. 조수석에서 아직도 얼어붙어 있는 교스케가 무사한 것을 확인하고 인생에서 가장 긴 안도의 한숨을 내쉬고 나자, 이미 거기에 아야는 없었다.

가슴팍을 치고 튀어나올 것처럼 심장이 쿵쿵거리며 요동친 것은 그다음이었다. 목구멍까지 차오른 그 울렁거림에 나는 몇 번이나 웩웩 토했다. 구도와 씨우면서 고동과 호흡을 잠재우는 데 얼마나 시간이 걸렸을까. 고동과 호흡이 진정된 후에도 나는 아주 오래도록 얼이 빠져 아무것도 할 수 없었다. 주마등 모드가 종료되자 시간은 원래의 정확함을 되찾았지만 나 자신은 사고가 정지된 얼간이 모드로 전환되었다.

경찰에 연락을 해야 하는데. 간신히 그런 생각이 가능할 만큼 이성이 돌아왔을 때, 동시에 내 눈이 본 것은 앞 유리 너머의 파란 하늘이었다. 거미집처럼 금이 좍좍 간 눈부신 파랑. 도저히 어떻게 할 수 없을 만큼 망가진 것, 소실된 것은 두 번 다시 원래 모습으로 돌이킬 수 없지만, 저 균열들 사이로 빛을 찾으며 살아갈 수는 있을지도 모른다.

"교스케."

손가락의 떨림이 멈추기를 기다렸다가, 아직도 꼼짝 않고 있는 교스케의 어깨에 손을 올렸다.

"괜찮니?"

"응."

"큰일 날 뻔했지."

"응."

"엄마가 지켜주었어."

"응."

당연하다는 듯이 교스케는 고개를 끄덕였다. 그리고 잠이 덜 깬 것처럼 멍한 눈으로 차 안을 돌아보고는 또 "응" 하며 고개를 끄덕였다. 놀란 사내아이의 표본처럼 굳어 있던 몸에 간신히 움직임이 되살아났다. 그다음, 어리기에 가능한 회복력으로 점차 표정을 풀고는, 한쪽만 벗고 있던 신발을 찾으려고 이리저리 움직이는 발끝을 보고서 나는 마음을 굳혔다.

"교스케, 외갓집에서 자는 건 다음으로 하자."

"네."

"차는 이 꼴이지만 날씨는 좋으니까 아빠랑 전철 타고 어딘가 가자. 우선은 쇼핑을 해야겠지."

"쇼핑?"

"그래. 저 하늘처럼 엄청 파란 색깔 양말도 사고."

얼른 하늘을 올려다본 다음 교스케는 그 눈길을 자기 발로 떨어뜨렸다. 천이 닳아 피부색이 보이는 허연 양말 밖으로 엄지발가락이 쑥 나와 있었다.

"좋아."

교스케는 제 엄마를 꼭 닮은 웃는 얼굴로 나를 돌아보았다.

어제, 그리고 오늘의
만남과 헤어짐

만남과 헤어짐은 일상 속에 언제나 있는 것이다.

밤에 잠자리에 들 때면 오늘의 나와 헤어지고, 다음 날 아침
에 눈을 뜨면 다시 오늘의 나와 해후한다. 오늘의 나는 어제에
는 존재하지 않았으므로, 새로운 만남이다.

베란다에서 제철을 만나 한창 꽃이 피고 있는 제라늄도, 꽃
을 보느라 굽힌 등에 올라타는 고양이 녀석도 오늘 다시 만나
새롭고 반갑다.

이런 만남은, 내일은 그것들이 사라질지도 모른다는 의심이
없기에 아쉬움도 안타까움도 애틋함도 없이 오늘 또 헤어질
수 있다. 각오를 다지고 아픔을 삭이며 언젠가 또 만나기를 기
약하면서 헤어지지 않아도 되고, 헤어짐의 여운을 오래 간직
하지 않아도 된다.

하지만 또 다른 만나고 헤어짐은, 아쉬움과 안타까움과 아픔이 오래오래 쌓이고 쌓여 마음의 응어리로, 또는 회한으로, 깊게는 병으로 남는 경우도 있다. 그런 응어리와 회한과 병은 깊으면 깊을수록, 다시 만남으로 푸는 길밖에 없다. 이 세상에서 가능하지 않으면 저세상에 가서라도 다시 만나서.

여섯 편의 단편으로 이루어진 소설집 『다시, 만나다』는 이렇게 일상 속에 자리한 만나고 헤어짐, 그리고 다시 만남을 주제로 하고 있다.

표제작 「다시, 만나다」는 일러스트 작가와 편집자, 「마마」는 어려서 잃어 얼굴도 기억하지 못하는 어머니를 상상 속에서 재구축한 남자와 그의 아내가 된 여자, 「매듭」은 초등학교 시절의 생을 짓누르는 어두운 기억의 매듭을 풀기 위해 다시 만난 그 시절의 친구, 「순무와 셀러리와 다시마 샐러드」는 저녁 시간 도심에서 언뜻 스친 살인범을 뉴스에서 다시 보게 되는 중년의 여자, 「꼬리등」은 이 세상과 저세상을 오가며 옴니버스식으로 전개되는 세 이야기 속 남녀와 투우, 「파란 하늘」은 위기 상황에서 죽은 아내의 환영과 다시 만나는 남자와 그 아들의 이야기다.

그들은 모두 일시적이든 영원하든 어제의 만남과 헤어짐이 낳은 응어리와 회한과 아쉬움과 안타까움과 애틋함을, 오늘 다시 만나 매듭을 풀듯 오해를 풀고 사랑을 확인하고, 이승에서 다하지 못한 만남을 저세상에서 다할 수 있기를 기약하며 오늘의 삶을 새롭게 승화시키고 만남의 소중한 가치를 깨닫는다.

　이 작품집을 통해 나 역시 다시 만났다.

　10여 년 전에 번역했던 같은 작가의 나오키상 수상 작품집 『바람에 휘날리는 비닐 시트』를 '감동의 눈물'로 기억하는 나로서는 이번의 '다시 만남'이 더없이 반가웠다. 그리고 상황에 따라 극적으로 변모를 거듭했지만 그 중심은 늘 한결 같았던 『다시, 만나다』의 편집자처럼, 시간이 많이 흘렀어도 사람과 일상과 사회를 향한 작가의, 여전히 예리하면서도 따스한 눈길과 품을 다시 한 번 확인했다.

김난주

모리 에토 森繪都

1968년 도쿄에서 태어나 와세다 대학을 졸업했고, 일본 아동 교육전문학교에서 아동문학을 공부했다. 따스하면서도 힘차고 깊이 있는 작품 세계로 폭넓은 독자층을 형성하고 있으며, 일본 문단에서도 이를 높게 평가하고 있다. 1990년 『리듬』으로 고단샤 아동문학상 신인상을 수상하면서 데뷔했고, 같은 작품으로 1992년 제2회 무쿠 하토쥬 아동문학상을 수상했다. 또한 『우주의 고아』로 제33회 노마 아동문예상 신인상과 제45회 산케이 아동출판 문화상 일본 방송상을 수상했고, 『아몬드 초콜릿 왈츠』로 제20회 로보노이시 문학상을 수상했으며, 『달의 배』로 제36회 노마 문예상을 수상했다. 『컬러풀』로 제46회 산케이 아동출판문화상을 수상했으며, 이 작품은 영화화되어 화제가 되었다. 『Dive!』로 제52회 쇼우갓칸 아동출판문화상을 수상했다. 아동문학의 틀에서 벗어나 처음 발표한 『영원의 출구』로 제1회 서점 대상 4위에, 『언젠가 파라솔 아래에서』로 나오키상 후보에 올랐다. 『바람에 휘날리는 비닐 시트』로 2006년 제135회 나오키상을 수상했다.

심난주

일본문학 전문번역가. 경희대학교 국문과를 졸업하고 동 대학원을 수료했다. 1987년 쇼와여자대학에서 일본 근대문학 석사 학위를 취득했다. 이후 오오츠마 여자대학과 도쿄대학에서 일본 근대문학을 연구했다. 옮긴 책으로 『당신의 진짜 인생은』 『아주 긴 변명』 『서커스 나이트』 『치료탑 행성』 『잊혀진 소년』 『저물 듯 저물지 않는』 『낙하하는 저녁』 『매일이, 여행』 『무코다 이발소』 『목숨을 팝니다』 『나일 퍼치의 여자들』 『하루키가 내 부엌으로 걸어 들어왔다』 『무통』 『천공의 별』 『바다의 뚜껑』 『즐겁게 살자, 고민하지 말고』 『N·P』 『겐지 이야기』 『가면산장 살인사건』 『백야행』 『박사가 사랑한 수식』 『반짝반짝 빛나는』 『키친』 『창가의 토토』 『냉정과 열정 사이』 『나는 고양이로소이다』 등이 있다.

다시, 만나다

지은이_모리 에토
옮긴이_김난주

2018년 11월 15일 1판 1쇄 인쇄
2018년 11월 30일 1판 1쇄 발행

펴낸이_황재성·허혜순
책임편집_박민주
디자인_ color of dream
Illustration © tsutsui sawara

펴낸곳_무소의뿔
(04030) 서울시 마포구 동교로 136
신고번호 제2012-000255호
신고일자 2012년 3월 20일
전화 02-323-1762 팩스 02-323-1715
이메일 musobook@naver.com
www.facebook.com/musobooks
ISBN 979-11-86686-36-2   03830

무소의뿔은 도서출판연금술사의 문학 브랜드입니다.
이 도서의 국립중앙도서관 출판예정도서목록(CIP)은
서지정보유통지원시스템 홈페이지(http://seoji.nl.go.kr)와
국가자료공동목록시스템(http://www.nl.go.kr/kolisnet)에서
이용하실 수 있습니다. (CIP제어번호 : CIP2018036208)

무소의뿔 소설

9년 전의 기도
오노 마사쓰구 지음 | 양억관 옮김
제152회 아쿠타가와상 수상작!
아픔과 따뜻함으로 가슴을 움직이는 사람들의 이야기

인생 레시피
테레사 드리스콜 지음 | 공경희 옮김
세상을 떠나는 엄마가 딸에게 전하는 삶의 레시피
함께 만들고 싶은 요리, 딸에게 들려주는 인생 이야기

세상의 위대한 이들은 어떻게 배를 타고 유람하는가
멜라니 사들레르 지음 | 백선희 옮김
역사를 발칵 뒤집은 발칙한 상상!
출간 즉시 프랑스 문단의 찬사가 쏟아진 화제작!

프랑스 유언
안드레이 마킨 지음 | 이재형 옮김
프랑스 3대 문학상 동시 수상작!
공쿠르상, 메디치상, 고등학생이 선정하는 공쿠르상 수상

아주 긴 변명
니시카와 미와 지음 | 김난주 옮김
제153회 나오키상 후보작, 2016년 일본서점대상 4위!
섬세한 심리묘사가 빛나는 감동적인 소설

티투스는 베레니스를 사랑하지 않았다
나탈리 아줄레 지음 | 백선희 옮김
프랑스 3대 문학상이 주목한 작품!
2015년 메디치상 수상, 공쿠르상 · 페미나상 최종 후보작

당신의 진짜 인생은
오시마 마스미 지음 | 김난주 옮김
제152회 나오키상 후보작!
세 사람의 삶이 빚어내는 세 가지 이야기

달빛 미소
줄리앙 아란다 지음 | 이재형 옮김
독자가 먼저 발견하고 아마존이 선택한 작가!
달을 좇는 몽상가, 뱃사람 폴. 일생에 걸쳐 펼쳐진 모험과 도전

새벽의 열기
페테르 가르도스 지음 | 이재형 옮김
페테르 가르도스 감독의 장편소설. 전 세계 30여 개국 번역 출간!
전쟁으로 상처 입은 두 영혼의 사랑, 감동적인 이야기